ダッシュエックス文庫

不屈の冒険魂2

雑用積み上げ最強へ。超エリート神官道

漂鳥

WORLD MAP

エルフの里
ユーキダシュ
【墓陵遺跡】
獣人の集落
墓陵ダンジョン
【古代遺跡】
ジルトレ
【ジル川】
始まりの街
魚人の集落
ドワーフの集落
鉱山ダンジョン
【ウォータッド湖】
常闇ダンジョン
【ハドック山】
N
S

【アラウゴア湖】
【湖沼地帯】
クワドラ
【牧場】
トリム
【ティニア湾】
湿地帯
ハイナル
【ジーク岬】
【シーナ海峡】
【トリキエ岬】
【ミトラス聖霊島】
（霊峰ミトラス）
王都
◀【シーナ海峡】

第三章　第四の街・湖の街

1　渚ビーチと碧風祭

トリム解放クエストが終わり、新レジャーコンテンツの渚ビーチを利用可能になった。もうこれは遊ぶしかない！　とばかりに、早速みんなで海岸へ繰り出した。

そして目の前に広がるのは、まさに地上の楽園。観光パンフレットさながらの、開放感あふれる南国リゾートだ。

肌にサラサラと触れる真っ白な砂浜。打ち寄せるクリーム状の白い波。透明度の高い、サイダーみたいな色をしたブルーグリーンの海。

「うわぁ。いい景色ですね」

「これは失敗したかな？」

えっ？　こんなに素敵なところなのに、何が失敗？

「……そうかもしれない。視界に一ミリも色気がないなんて」

「ビキニのお姉さん、どこにもいないっすね」

「妙に野郎率も高いし」

言われてみれば確かに。砂浜にビキニ……ゲフンッ！　女性の姿は少ないかも。その数少ない女性たちも、ほぼ全員がウェットスーツを着ているから、肌の露出は極端に少ない。

「どう考えても、イルカの呪いだな」

「イルカめ。この侘しい光景をどうしてくれる」

イルカって、魚人の集落のあれか。

イルカとの遊泳が売りの水泳講習は、今もなお大人気のレジャーコンテンツだ。もしかすると、ＩＳＡＯで一番人気かもしれない。つまりほとんどのユーザーが、自前のウェットスーツを持っているということになる。

「今更なにを言ってるんだか。ボードならウェットスーツを着るのは当たり前でしょ」

男性陣の不平不満に、呆れた顔のキョウカさん。

「まあ、そりゃそうなんだけどさ」

「でも砂浜だろう？　常夏の海だ。期待するなって方が無理ってもんだ」

わかる。だって男の子だもの。

「ユキムラさんもそう？　水着の女の子が見たかった？」

ギクッ！　まさか心の声に気づかれた？　いきなり直球ですよ。

「それは（考えろ！　よく考えて、ベストな答えを探せ！）……いえ、俺は誰の水着でもいいってわけじゃないです」

「じゃあ、誰のが見たいの？」

真下から見上げながら、俺の目をロックオンするキョウカさん。こ、これは、誤魔化したら絶対にダメなやつだ。なら。

「それはやっぱり（勇気を出せ！　男ユキムラ、行け！）……やっぱり、キョウカさんみたいな気になる……そう、気になる女性のが、すっごく見たいです！」

言っちゃった。それもかなり力強く。でも勢いがつき過ぎかも。もっとスマートに言えたらよかった。肝心のキョウカさんの反応はどうだろう？

「そう。ならよかった」

ニコって笑った。でも、よかったってどういう意味？

「よかった……ですか？」

「そう。ちょっと耳を貸してくれる？」

キョウカさんが俺の耳に顔を寄せてくる。距離がめっちゃ近いです！

「水着。あとでとっておきのを披露するから、楽しみにしていてね」

そう言って、パッと離れると素敵にウインクした。あとで？　とっておきって？　期待に胸が弾んでしまう。

「あーっ！　二人で内緒話だ。いっけないんだぁ」

「トオル、やめておけ。ここは生温かく見守るのがセオリーだ」

「そうですよ。そういうのって、馬に踏まれてって言うじゃないですか」

「アーク、お前。高学歴なのに間違えてるぞ。踏むのは馬じゃなくて象だろ」

いや、そこじゃないような。

「そうか、なんか違うと思ったんですよね！」

ざっぶーん！

うねるような波に弄ばれ、勢いよく砂浜に打ち上げられる。この浮遊感がたまらない。

波乗りって楽しいな。みんなもかなりはしゃいでいる。ＩＳＡＯなら日焼けの心配もないし、溺れる危険もない。一緒に大波に飛び込んで、一緒に波に呑まれて、砂浜に突っ込んで砂まみれ。互いの目が合った瞬間、可笑しくて笑いが弾ける。

でもこの施設で楽しめるのは、砂浜遊びだけじゃない。海から引き揚げた後は、併設されているバーベキュー場へ直行だ。食後はプールに行くので、全員が遊泳用の水着に着替えている。

男はハーフパンツの上にＴシャツを着て、足にはビーサン。リアルよりちょっと派手めな店売りの品で揃えたから、誰も関心を向けやしない。注目はやっぱり、紅一点のキョウカさんに集まった。

俺たち男性陣の漲る期待。キョウカさんは、決してそれを裏切らなかった。

パレオっていうのかな？　あのヒラヒラッとした透けている布。それを見事にくびれた腰にふんわりと巻き、上には薄手のパーカーを羽織っていた。超色っぽいビキニの上に！

そうビキニ。ビキニなんだ！

目を奪われる。視界の暴力……じゃなくて吸引力が凄まじい。あんな細い紐じゃあ、あの質量を支えきれずにプツンと切れてしまうんじゃないか。キョウカさんが身に着けていたのは、そんな男性陣がハラハラドキドキするような、素晴らしいお色気ビキニだった。

「キョウカちゃん、やべえ」

「あれは悩殺する気満々だな」

「ユキムラありがとう。お前のおかげだ」

「なんで俺にお礼？　あっ、肉焼けましたよ」

「おうっ！　どれもこれも最高だな。ビールおかわり」

食べるのが一段落すると、いよいよプールへと移動。こういう時には、後片付けをしなくていいのがとても助かる。

「ねえ、どうかしら？　似合ってる？」

俺の目の前で、それも真正面で、パーカーとパレオがはらりと取り払われた。似合ってます。もの凄くお似合いです。さすがアパレル勤務。でも目のやり場に困ってしまうのもあって。

「とても素敵です。キョウカさん、一緒に泳ぎませんか？」

そう声をかけるので精いっぱい。

「そうね。行きましょうか！」

せっかく披露してくれたのに、その後は、ほとんど水の中にいた。水遊びは非常に盛り上がったけどね。

§　§　§

十分に海を満喫した。

そしてゲームシナリオ的には、ついに待ちに待ったものが訪れた。そうです。やってきました転職クエスト。それもここ、トリムの街が舞台で。

うん、そんな予想はしていた。だって、ウォータッド大神殿のクラウスさんが「次は豊穣祭ですね」と言っていたから。ジルトレ以外でも、六祭礼のクエストは起こる。それがわかった以上、その言葉は、クラウスさんと一緒に開催するのは、順番的にはふたつ先の「豊穣祭」だと解釈できる。

そうなると、次の転職クエスト「碧風祭」は、いったいどこで開催されるのか？　ここトリムに来て「碧耀神殿」という名称を聞き、その疑問は氷解した。「碧風祭」と「碧耀神殿」。「碧」という字がモロに被っていたから。

ところが、待てど暮らせど、なぜか転職クエストは起こらない。その気配さえもない。

トリム解放クエストが終わらない内は、個人クエストは動かない。もちろんその可能性も考えた。でもそれにしても、ＮＰＣの神官さんたちから「祭り」の「ま」の字も出てこないと、さすがにちょっと心配になってくる。

ただ待っているだけじゃダメなんじゃないか？　ふとそんな気がした。

このゲームは、そう簡単には先に進ませてくれない。じゃあ、今できる範囲で何をするべきか。それを改めて考えてみた。そうだ！　クエストのフラグが立つには、ＮＰＣの好感度が足りないのかもしれない。今までの経験を思い返して、やっとそう思い至った。

そこで、手っ取り早く好感度を稼ぐならこれだよねと、神殿業務のひとつである、賄いを作り続けたわけだ。


そして狙いは大当たり。

「大司教様。実は、お話しなければならないことがあります」

いつもは気さくなマーロウ神殿長が、一転改まった様子で話しかけてきた。これは来たかも！　まさにそう思わせるような雰囲気で。

「どのようなお話でしょうか？」

「ここトリムの港は、シーナ海峡に大渦が発生する前は、貿易港として非常に栄えていました。数十年前までは、海峡を通って多くの交易船や外洋船が外海に出ていたのです」

いける。新手の情報だよ。

「外洋船まで行き来していたのですね。それは知りませんでした」

「もちろん漁業も盛んでした。水揚げされる海産物を求める人々が、いつも市場に溢れていました。人が数多く集まれば、それに比例して願いや祈りが大きくなります。かつては、船舶の海上安全・商売繁盛・豊漁を祈願するために『碧風祭』という祭が、ここ『碧耀神殿』の主催で執り行われていたのです」

よしきた。「碧風祭」だ！

「六祭礼のひとつである『碧風祭』ですね。では、こうして海が鎮まったからには、ようやくそれも執り行えますね」

「そうなのです！　このたび、冒険者の皆様のお陰で、災厄が取り除かれました。港も復旧し、交易船も新たに建造中です。まもなく『進水式』が行われて、このトリムの港から、次々と船が出航していくことになるでしょう」

「それは大変に目出度いことです。この街が、昔日の勢いを取り戻す日も近いですね」

「ありがとうございます。そこで大司教様にお願いがございます。港の復興にあたり『進水式』と時を同じくした『碧風祭』の復活が待ち望まれています」

へえ。祭礼だけじゃなくて、進水式なんてイベントもあるのか。

「それは『進水式』と同時に祭礼を、ということですか？」

「はい。このティニア湾は、冬の間は海が荒れます。従って『進水式』は、春から夏にかけて一斉に行われます。『碧風祭』は、その新しい門出を祝う意味で『進水式』と同時に開催されるのが慣例だったのです」

「なるほど。それで私に願いとは？　私にできることであれば、是非、街の皆様のお力になりたいと考えています。私は、いったい何をすれば宜しいのでしょうか？」

「おお。そう仰って頂けますか！　では申し上げます。祭礼を主催するには、相応の『格』が必要とされます。『碧風祭』の主催者足りえる位階は大司教以上です。そして、この街に滞在されている大司教様は、あなた様ただお一人でございます。誠に厚かましい願いではありますが『碧風祭』を執り行って頂きますよう、何卒よろしくお願い申し上げます」

「マーロウ司教、頭をお上げください。人々のために祈りを捧げることは、私の仕事であり使命でもあります。若輩者ですが、皆様が望まれるのであれば、私の力の及ぶ限り尽力する所存です。共に『碧風祭』の成功に向けて頑張りましょう」

なんとか噛まずに言い切った。こういった長いセリフにも、だいぶ慣れてきたかもしれない。

「よろしくお願いいたします。このたびの祭りは盛大なものになるでしょう。神の御導きが、街の人々と共にあらんことを」

§　§　§

《進水式・碧風祭会場（造船所）》

雲ひとつない快晴。抜けるように青い空の下、風が頬をなでていく気持ちのいい天気だ。

当日の会場は、色鮮やかな幕や幟が随所にはためき、とても晴れやかな雰囲気になっていた。大勢の住民の笑いさざめく声が、風に乗って聞こえてくる。

進水式は、新造船の門出を祝う大変お目出度い儀式であり、陸上で建造された船を、初めて水に入れるのと同時に、船の命名式も執り行う。

また今回の進水式は、異例ではあるが四隻まとめて行われる。現実では到底あり得ないが、これもゲームならではの演出で、とても豪快なものになるらしい。

湾岸に設けられた進水台の上には、それぞれに真新しい船体が載っていて、解放されるのを今か今かと待っていた。

四つある進水台の、ちょうど真ん中辺りに祭壇が組まれていて、俺はその前で待機中だ。進水台から水中に伸びる斜面。その表面に塗られた潤滑油が、日差しを照り返して眩しく光っているのが見える。

もうすぐ、進水式の祭儀が始まる。


「祝福の祈り」を言葉に乗せながら腕を振るう。手にした灌水棒から散布された聖水が、陽光を受けてキラキラと輝き、祭壇を聖なる光に包んでいく。

続いて参列者に向かい、聖水盤に浸した灌水棒を再び振るう。参列者の頭上から聖水の雫が降り注ぐと、祝福ムードが徐々に高まっていった。一通り散布し終わった後は、辺りには清らかな気配が立ち込めて、晴れの儀式に相応しい厳粛な舞台が整った。そんな中、俺は粛々と儀式を進めていく。
・神々に呼びかけ、その眼差しを向けてもらうための「風韻の祈り」
・神々を招き、この地に降りてきてもらうための「招神の祈り」

・訪れた神々に船の完成を報告し、これを喜び祝い航海の安全を願う「喜祝の祈り」三種の祈禱を行った後、感謝の言葉と共に、神々に「神饌」を捧げる。

ここで一旦、祭壇から離れた。新造船を一隻一隻回り、聖水で清めるためだ。そして再び祭壇前に戻り「命名の儀」を執り行う。予め船名の書かれた短冊に祝福を授け、祈りを捧げた。

続いて参列者の拝礼が始まる。長い行列がようやく縮まり、全ての拝礼が終わると、神々の祝福を授かった「神饌」を祭壇から下げ、神々に戻って頂くための「昇神の祈り」を行った。

……ふぅ。長い儀式もようやく終わった。いよいよ進水式だ。

鼓笛隊による勇壮な行進曲の演奏が始まった。

各船体と祭壇の間には、各一本ずつ、計四本の細い支綱が張られている。その支綱の船体側には、祝いの酒瓶が何本もぶら下げられていて、華やかなくす玉も飾られている。

進水式は、北側から順番に一隻ずつ執り行う段取りになっている。既に各船の船主が、祭壇側の支綱の側で待機していた。

ここで俺の出番になる。用意されている真新しい四本の銀の斧を、順に聖水で清めて祝福を授ける。そのうちの一本を、まずは右端（北側）の船主に手渡した。

船主が振り下ろす銀の斧で支綱が切断され、船名を覆っていた幕が外れて露になる。それと同時に、目の前にそびえる巨大な船が、ゆっくりと海に向かって滑り出した。

その衝撃で、船体にぶつかった酒瓶がガチャン！　と音を立てて割れていき、飾られていたくす玉も見事に割れて、紙吹雪と五色のテープが、鮮やかに風に乗って舞い踊った。

〈ドォーン！〉着水。

轟音と共に大きな波飛沫が打ち上がる。しばらくすると、海面の揺れは収まり、船は泰然と波に浮かんでいた。

……成功だ。

二隻目、三隻目と、順調に支綱の切断は続き、全ての新造船の入水が完了した。

続いて船は順次接岸し、それぞれの船の関係者が中へ乗り込んでいく。もちろん俺もその中の一隻に乗り込んだ。さあ、お披露目運行に出航だ。

岸で手を振る人々に見送られ、四隻の新造船は湾内に進む。人々の歓呼に応えるために湾内を一周してから、予定していたポイントまで移動し、停泊して碇を下ろした。

しばらくそこで待機していると、幾艘もの船が波濤をかき分けてこちらに近づいてきた。競うように、多彩な幟や満船飾で飾り立て、意匠を凝らした大漁旗を風にはためかせている。

やがて船は一列に連なり、新造船の周りを周回しながら船跡を描いていく。全ての船が出揃う頃には、新造船を中心にして船による円陣が組まれていた。

俺は船が出揃ったのを合図に、甲板に設置された仮設祭壇の前で祈禱を始める。

「碧風祭」の開始だ。ここまでくれば、後は流れに沿って祭儀を進めるだけになる。

〈大海原に出航する全ての船が、安全な航海をできますように。豊かな恵みを得られますよう

に〉

そう願いを込めた祈禱の後に、清めの儀式を行う。海に供物を捧げて祭儀が一段落すると、高く鳴り響く献笛の音色と共に、着飾った海の男たちによる舞や剣舞の奉納が始まった。それに合わせて、周囲の船から太鼓や鐘が打ち鳴らされて、高低様々な音が混ざり合う。

爽やかな風にはためく目にも鮮やかな船飾りと、空気を震わせる壮大な音の饗宴。雲ひとつない青空に、豊かな音色が響き渡った。

ちなみに今回のイベントは、「進水式」は通常エリアで「碧風祭」（出航後）はインスタンスエリアで行われた。

俺にとっては一連のイベントだったけど、ゲーム的には一般に公開するものとしないものがあったらしい。そういうこともあるのかって、ちょっと驚いた。俺（プレイヤー神官）がいない場合は、神殿長のマーロウさんか、あるいは、どこかの街から派遣されてきた（という設定の）NPC神官が「進水式」を執り行ったのではないかと推測している。

開催したタイミングが良かったのか「進水式」を見に来ていたプレイヤーは結構多かったらしい。リアルじゃなかなか出会えないイベントだし、楽しんでもらえたんじゃないかな。

日本の「進水式」では「餅撒き」という盛大にお餅をばら撒く目玉行事があるけど、ISAOではさすがにそれは存在しなかった。まだゲーム内で「米」すら見つかっていないのと、西洋ファンタジー風の世界であることなど、設定上の都合で再現できなかったのかもしれない。

転職クエストもこれでやっと半分か。

次は順番通りなら「豊穣祭」だから、一旦ジルトレの街に戻った方がいいかな？　でも、もうちょっと海で遊んでからでもいいような気もする。やっぱり羽は伸ばさなきゃ。だって、戻ったら間違いなく仕事が沢山待っている。あのクラウスさんが、俺を呑気に遊ばせておくわけがない。

アイテム選択券〈海〉のリストに載っていたレジャーアイテム。その内のいくつかは、解放クエスト後にＮＰＣショップで買えるようになっていた。だから、まだまだ遊ぶ余地はいくらでもある。

あの海でシュノーケルをしたら楽しいだろうな。どんな魚がいるんだろう？　ジェットスキーやバナナボートも借りられるみたいだ。

そうだ。釣りセットを買っちゃおうかな。確か磯釣りができるんだよね。ここでならリアルと違って気軽に楽しめそうだし、試してみるのもいいかもしれない。

……待てよ。釣りなら今からでも行けるじゃないか。よし、決めた。早速道具を買いに行こう。ガンガン釣って、今日は魚三昧だ！

2　掲示板④

【神官相談室】派生ルートを探して【Part5】

1. 名無し

The indomitable spirit of adventure online（ISAO）攻略用
神官職の派生ルートについて語り合うスレ
次スレは >>950
荒らしはスルー。特定プレイヤーへの粘着・誹謗中傷禁止

前スレ【神官相談室】派生ルートを探して【Part4】
http：／／****************

761. 名無し

質問してもいいですか?

762. 名無し

ルート関連ならどうぞ

763. 名無し

第二陣でISAOを始めましたが、ルートというのがよくわかりません
支援メインの神官になりたい場合、どうしたらいいですか?

764. 名無し

支援メインはパーティで苦労するからやめておけば?
過去スレ見ればわかるけど非推奨職業の筆頭だから

765. 名無し

>>764
リアルフレと固定パーティを組んでいるので
パーティでの人間関係は大丈夫だと思います

766. 名無し

リアル持ち込みなら余計に勧めないけどな

767. 名無し

今はわからないだろうが
支援メインはいずれドツボにはまるとだけ言っておく

768. 名無し

困ったな。皆さん反対なのか
やめておいた方がいいという理由を教えてもらえますか?

769. 名無し

支援の専門職ってことは一人で複数のパーティメンバーを助けなきゃいけない
一対多数なわけだからGPを激しく消耗する
最初の頃はなんとかなっても
レベルが上がって遠出するようになると当然敵は強くなる
被ダメが増えてGP消費量も飛躍的に増えていく

770. 名無し

それは最大GPが増加すれば解決するのでは?

771. 名無し

それがそう上手く回らない
普通に冒険して職業固有スキルを使うだけでは
GPの最大値（MND値）はあまり伸びないから
冒険が進むにつれてメンバーの要求に応えられなくなり
精神的にしんどくなるよ

772. 名無し

皆さんは、どうやって最大GPを増やしているんですか?

773. 名無し

GPは本当に増えにくい
・装備によるMND値の底上げ
・Jスキルを増やしてレベルを上げる
・MND+の付くSスキルを取る
・BPをMNDに振る
・MNDが上がる加護を受ける
こんなものか?

774. 名無し

>>763　Pスキルは何を取っているの?

775. 名無し

>>774 【JP祈禱】と【P気宇】です

776. 名無し

【JP祈禱】はテンプレとして
支援メインなのになんで【P気宇】なのよ
法力による攻撃力を上昇させてどうするつもり?

777. 名無し

法力攻撃力って邪悪なものを倒す力ですよね?
邪龍やアンデッドみたいな
他のゲームで支援メインの回復職をしていた時は
そういう相手には自分が主力として攻撃していました
だからこのゲームでも必要かなと思って

778. 名無し

それはやっちまったな
このゲームではアンデッド系への攻撃は【浄化】を使う

779. 名無し

支援職なら【P清廉】状態異常耐性Eか
VIT上昇系がメジャーだな

780. 名無し

じゃあ法力って何に使うんですか?

781. 名無し

法力は「気」みたいなもので物理攻撃時に込める
すると射程が伸びたり圧が発生したりして威力がUPする

782. 名無し

だから殴り神官がよく取るパッシブなんだよ

783. 名無し

そういうのを全く知りませんでした
だったら【P気宇】は失敗ってことですね

784. 名無し

>>783　失敗ってほどではない
MND上昇系のパッシブである分まだセーフかな
ただSTRも増えるのがもったいないだけ

785. 名無し

本当ですか？　大丈夫そうならこのまま続けたいです
リセットしてキャラメイクをし直すと
フレとの差が大きくなってしまうので

786. 名無し

支援職メインを目指すなら一旦フレから離れた方がいい
司祭（女性なら祭司）になるまで神殿（修道院）で奉仕する
そうすれば神官用のJスキルをいくつかもらえるから

787. 名無し

>>786
パーティには他に回復役がいないので抜けられません

788. 名無し

友達なら、その間は回復アイテムで代用してもらうとか？

789. 名無し

回復アイテムは高いので、みんな非常時用だって言っています
もったいないって使うのを嫌がるから
自分からはとても言い出せないです

790. 名無し

なるほど、そういうプレイをしているのか
アイテムを節約して装備に金を使うわけね

791. 名無し

節約プレイって続かないんだけどな
友達を優先していると育成タイミングを逃す
MNDを意識して積極的に伸ばさないと
中級職に転職する辺りで詰むから

792. 名無し

第一陣は支援系神官職スタートが男女合わせて約百人いた
そのうち男は約四十人
最初は神殿には二十人弱しか行かなかったが
結局ほぼ全員が神殿にJスキルを取りに行った

793. 名無し

神殿でJスキルが四つも手に入るのが大きかったな
更に非売品の【聖典★】まで無料でくれる

794. 名無し

【聖典★】は成長するアクセサリで非常に優秀

795. 名無し

神殿でもらえるスキルの内で【J聖水作成】と【J聖典模写】は
神殿にいなくてもレベルを上げられるから是非とるべき

796. 名無し

【聖典★】は行ってすぐにもらえますか?

797. 名無し

>>796　さすがにそこまで甘くない
【聖典★】は司祭（祭司）以上が神殿で無給奉仕をして
一定以上のNPC好感度を稼ぐともらえる
ちなみに【聖典★】でMND+10【聖典★★★】になればMND+30

798. 名無し

>>797　それは是非欲しいですね
でもフィールドに出なかったら
パーティメンバーとかなり差が広がっちゃいますよね?

799. 名無し

>>798　ある程度はやむを得ない
奉仕でもそれなりに経験値は入るが
Gを全く稼げないから装備差はどうしても広がる
【聖典★】とスキル四つを手に入れてすぐに離脱するしかない

800. 名無し

でもひとつだけ要注意
神殿からずっと離れていると派生ルートにそれるから
正規ルートの「司教」が出てこなくなる

801. 名無し

>>800　それ本当ですか?

802. 名無し

ホントの話
野良系の派生ルートしか出てこなくなる
でもずっと神殿にいるなんて普通は無理だから
④次職になる頃には派生ルートに乗っているのが一般的かな

803. 名無し

ちなみに第一陣で正規ルートに残れた神官は
たった一人（男）しかいない
徹底してロールプレイをしているらしくて
ずっと神殿に住んでいてNPCと全く区別がつかない

804. 名無し

進水式を見に行ったけどヤバかったぜ
「神殿の人」が周りをぐるっとNPCに取り囲まれて
ガチで儀式をしまくっていた
まるで神社の神主さんみたいだったよ

805. 名無し

進水式はワイも見たかったな

806. 名無し

そりゃもう凄かったぞ
でっかい船が滑り台みたいのから滑り下りて
ザッブーン！　って海に突っ込むの

807. 名無し

俺も見に行ったけど豪快だった
ちなみに魚人の湖のやつも見たぞ
あっちもキラキラしてメチャクチャ綺麗だった

808. 名無し

両方とも見損ねたワイ
事前にこういうイベントがありますよって告知があればいいのに

809. 名無し

ということで神殿（修道院）プレイをしないと正規ルートは出てこない
俺も見損ねた！

810. 名無し

じゃあ支援職にはどんな派生ルートが出てくるのか教えてもらえますか?

811. 名無し

>>810
支援系なら「伝道師」「祓魔師」「巡礼」あたり
戦闘職なら他にもいろいろある

812. 名無し

>>810
第一陣の「聖女」様は「祭司」→「星詠」→「占星術師」
修道院のカタリナちゃんも「祭司」→「歌詠」

813. 名無し

>>812
それって正規ルート並みのレア職ですわ
「星詠」ルートは、神殿（修道院）にいながら
魔に寄ったビルドにしないと開かなくて
ビルド調整がかなり難しい職として有名
「歌詠」の方は神殿（修道院）に引きこもってとにかく歌う
他の仕事は極力減らすのが派生条件だと推測されている

814. 名無し

ほしよみ?　うたよみ?　そんなに面倒くさいのか

815. 名無し

支援職で目指すなら「伝道師」が一般的だな
でもなるには【聖典★】の入手は必須になる
ルート派生に必要なスキルを生やすのに使うから

816. 名無し

わかりました
やっぱりフレに相談して【聖典★】を入手しに行って来ます
ご親切にいろいろ教えてくれてありがとうございました

817. 名無し

おう頑張れよ
俺たちご新規さんには優しいな

818. 名無し

古参にはめっちゃ厳しいけどなw

3　収穫祭・豊穣祭

《ポーン！》

《The indomitable spirit of adventure online（ISAO）のユーザーの皆様にお知らせ致します。

予めお知らせしていた通り、第三陣の受け入れを○月○日より開始致します。

それに伴いまして、「新規参入キャンペーン」及び「街イベント『収穫祭』」を開催致します。

詳細につきましては「お知らせ☆イベント詳細」をご確認下さい》

おっ！　街イベントが来た。なになに……「お知らせ」ポチっと。

《第四回　街イベント「収穫祭」開催のお知らせ。

この秋、始まりの街とジルトレの街で「収穫祭」が行われます。
①「収穫祭を色妖精と盛り上げよう！　色妖精を手に入れよう第二弾！」
イベント期間中、始まりの街とジルトレの街中のあちこちに、いたずら好きの色妖精が出現します。色妖精の好物である「メッシの実」を妖精に渡すと、色妖精の好感度を上げることができます。

「メッシの実」は、イベント期間中に街の周辺部に出現するイベントモンスター「メッシス」

を倒すことでドロップアイテムとして入手できます。「メッシの実」には、NとRの二種類あり……》

収穫祭のひとつ目は色妖精イベントで、モンスターの名前が違うだけで仕様は以前と全く同じ。高好感度を稼いだ上位六名に特別衣装をくれるところや、イベント期間中はメッシの実が回復アイテムとして使えるところも変更なし。

明らかに違うのは、既に色妖精を入手済みの場合、色妖精の代わりに妖精のレベルを上げることができる「光の珠」をひとつ配布するってところだけ。

収穫祭のふたつ目は、生産職向けの新しいコンテンツだ。三つ目は、期間限定で店売りのラインナップが変わるかもという内容だった。

《②生産品オークション開催

皆様が腕を奮った作品をオークション（入札）形式で売買する場を設けます。

・一般オークション品：イベント期間中、タッチパネル上に表示されるバナーより出品リストにアクセスし、タッチパネルの操作によりオークションに参加・落札ができます。

・高額オークション品（スタート価格　50万G以上）：特設オークション会場にて売買が行われます。臨場感溢れるオークションをお楽しみ下さい。タッチパネル上のバナーから、事前に出品リストにアクセスできます。オークション開催日は複数日ございますので、お間違いのないようご注意下さい。

③NPCショップを回ってみよう。

イベント期間中、街のNPCショップは大賑わい。いつもとは違う珍しい商品が並んでいるかも？　是非お店をチェックしてみよう。

イベント期間は◯月◯日◯時～◯月◯月◯時まで。皆様のご参加をお待ちしております》

……残念だけど。うん、参加は無理だ。

メレンゲ、そんなに見つめても無理なものは無理。今の俺にそんな暇はないから。

上目遣いで可愛子ぶりっこしてもダメだって。っていうか、どこでそんな真似を覚えた？ＡＩか、ＡＩに仕込まれているせいか。なんてあざとい。でも残念だったな。俺には、ちびっ子のおねだりは効かない。もっと大きくなってから出直して来い（それも困るが）！

……じゃなくて、はい。今回の街イベントは見送り決定です。

だって。これはもう仕方ない。時間もないし余力もない。

今の俺は、近々行われる「豊穣祭」の特訓の真っ最中なのだから。

§　§　§

……えっと。

本番さながらの予行演習に戸惑いながら、まだうろ覚えの手順を必死に思い出す。
・「入祭の歌」と共に祈りのポーズで入堂して、祭壇前で一礼。

・壇上に上って、祭壇の向こうから会衆に一礼（メモ、メモ）。
それから「振り香炉」に点火。ここは慎重に、でも速やかに。

香炉から煙が出たら、祭壇の奥側から「献香」を開始する。「振り香炉」は、鎖によって吊り下げられた香炉で、振り子状にブンブンと動かせる。効果的に振ることで、香炉で焚かれた煙を周囲に広く拡散することができる機能的な祭具だ。

〈リィーン〉・〈リィーン〉・〈リィーン〉

鎖には鈴がついているので、香炉を振るたびに澄んだ鈴の音が響く。その音には、参列者に祈りを促す役目があるらしい。移動しながら会場内に煙を振り撒く。

続いて、祭壇に向かって一礼してから献香する。振る順番は、中央・左・右の順。往復する香炉から立ち昇る白い煙と、オリエンタルな乳香の香りがフワッと辺りに漂う。普段嗅ぐ機会なんてないけど、なんだか落ち着く香りだね。
・香炉をフリフリしながら反対側に回り、祭壇に一礼。
・再び三方向に振って一礼。
・壇上から降り、少し下がって一礼。
・またまた三方向に振って一礼。
・再度壇上に戻り、祭壇向こうから会衆に一礼。
「献香」開始からここまで「一礼」は五回。献香が終わったら朗読台に移動する。ＢＧＭの聖歌が終わるまで「祈りのポーズ」で待機になる。

歌が終わったら「聖印」を切り、会衆に向かって「儀礼的挨拶」をする。それから「改悛の祈り」を捧げ「憐憫の賛歌」と「光輝の賛歌」を続けて歌う。「祈願祈禱」で儀式は一段落だ。

立て続けの祈りや賛歌で順番が覚えにくい。だから、適当に語呂合わせを作ってみた。「セイ・ギのカ・レン光り願う」光の勇者カレン！　みたいな。これなら何とか覚えられそう。

ところで……信じがたいことに、これで進行具合はまだ全体の五分の一なんだって！　いや、長すぎるでしょ。この式次第と手順を丸暗記しろですか？　なんて無理ゲー。

えっ！　ここまで通しで一回やってみて下さい？　今見たばかりなのに？

も、もう一回見たいな……とか。

無理？　じゃあ、メモを見ても？

ダメ？　はい、やります。やります。やりますから！　やればいいんでしょ！

そして「豊穣祭」本番の日を迎えた。ここまで、あっという間だったな（遠い目）。

朗読とか歌とか朗読とか、また歌とか朗読で「説教」「信条唱和」「共同祈願」までつつがなく終えた。

あともうひと息だ（頑張れ俺）！

「奉納の歌」が唱和され、各々収穫物を携えた参列者を前に「豊穣の喜びと報告の祈り」を捧げる。奉納行列が終わると、高く積まれた収穫物を清めながらの「清めの祈り」だ。続いて

「来年の豊穣を願う祈り」と「天の恵みへの感謝の祈り」を捧げる。

「心をこめて神を仰ぎ、賛美と感謝を捧げましょう」

俺の呼びかけと共に、参列者は「感謝の賛歌」を歌い、その歌を背景に、俺は「奉献文」を唱える。

そして「結びの祈り」を唱えて……よしっ！　残りは「平和の祈り」「平和の賛歌」「祝福」と「閉祭の挨拶」だから——あとほんのちょっとで、俺の出番は終了だ！

「本日は素晴らしい『豊穣祭』でした。最後まで滞りなく執り行われたことを、心よりお慶び申し上げます。これにより、神の御恵みの光が益々この地に降り注ぐことでしょう。本日は、ゆっくりお休み下さい。では失礼致します」

そう締めくくると、クラウスさんはパタンと扉を閉めて部屋から出て行った。コメントの内容的には、及第点をクリアしたってことだよね？

……やっと終わった。いやぁ、今回はマジで重かった。いきなり儀式が長くなるんだもの。こんなの、ゲームのクエストにしてはやり過ぎだって。やっぱりここの運営は鬼畜だなと改めて思った。

でも猛特訓・猛暗記した甲斐があって、新たにふたつもスキルが増えている。

・【J聖歌詠唱(えいしょう)Ⅰ】MND(精神力)+5　LUK(幸運)+5

聖歌を歌うとき、声と歌唱に補正がかかり荘厳(そうごん)な雰囲気(ふんいき)を醸(かも)し出す。魅了効果+（小）。

・【J聖文暗唱(あんしょう)Ⅰ】MND+5　INT(知力)+5

聖文（聖典・聖句・祈禱など）の暗唱に成功すると、次回以降、その聖文を引用する際に眼前に文章が浮かぶ。

特にこのふたつ目。【J聖文暗唱Ⅰ】が来たときには、叫びそうになった。もちろん喜びのあまりだ。それが挙動(きょどう)不審(ふしん)に見えたのか、クラウスさんに怪訝(けげん)な顔をされてしまった。それだけ俺にとっては、有用なスキルだったということ。

更(さら)に、重たい儀式を繰り返し特訓したことにより【J儀式作法Ⅱ（聖職者）】がⅣに上がっている。

【J儀式作法Ⅳ（聖職者）】※「儀式作法の手順」や「礼拝式の式次第」を暗記すると、「式順リスト」が目に浮かぶようになる。

その結果、こんな素晴らしいオプションが付いた。これって、目を閉じていても有効なところが非常に優秀。ステータスを上げるだけのスキルじゃなかったんだ！

こういった補助的なスキルがなければ、豊穣祭は実にヤバかった。一旦(いったん)は暗唱・暗記しないとダメだっていう条件つきでも、それは少しずつ積み重ねていくことでなんとかなるしね。

そして。メレンゲお待たせ。

予定の変更を聞いて、パタパタと喜びの舞を踊るメレンゲ。

今回の街イベントに参加するのは、到底無理だと思っていた。でも新しいスキルで時短できたおかげで、イベント期間のちょうど半ばに「豊穣祭」を開催することができた。だから衣装までは無理だとしても「光の珠」なら取れそうだということで、急遽参加してみることにしたってわけ。

さて。平服の神官服に着替えて……行くか。

そしていざやってみたら、俺なら一撃でボコれることが判明した。これは敵のステータスが新規参入の第三陣用に調整されていたためだ。これなら余裕でいけるかも。

〈ブンブン、クルッ〉

〈ドス、ドス、クルッ〉

〈ボコン、ボコン、ドスドス、ドスドス、ドスドスドスドス……〉

派手なエフェクト音が鳴りまくる。楽しい。棒で突いたりぶん回したり。ボコる手がもう止まらない。転職イベントのせいで、ストレスがかなり溜まっていたせいだ。

イベント仕様で、ドロップは全てアイテムボックスに直接インするから、いちいち解体しなくていいのも楽。今回もジャックポットってあるのかな？　ここまで前回とそっくりなら、きっとある。だったら止まらずに行くぜ！

「ねえ見て、あの人。あれが『殴り神官』っていうの？」

そんなユキムラの姿を、遠くから眺めている一組の男女がいた。通りすがりの新規参入プレイヤーである。

「おっ、本当だ。神官がソロで撲殺しまくってるな」

「よっぽど妖精さんが欲しいのね。ちびっ子好きな人？」

「おい。他人の性癖に口を出すのは、マナー違反だって言っただろ。気をつけろ」

「えっ？　この程度でダメなの？　変態だって言ったわけじゃないし、セーフセーフ」

「ダメだ。オンラインゲームは、ちょっとしたことで揚げ足をとる奴が多いから」

「えーっ。面倒くさいね」

「まあな。しかしあの神官、随分と上手く棒を使うな」

「そうだね。クルクルって回して楽しそう。あの動き、なんかバトンみたい。私も棒にすればよかったかな？」

「いや、あれだけ長さがあると扱いづらいぞ。あの神官の人が巧みだから簡単そうに見えるが、素人じゃ、なかなかああはいかない」

「じゃあ私、メイスにしてよかったってこと？」

「ああ。メイスは打撃武器の定番だし、初心者でも扱いやすい。いい選択だと思うよ」

「あっ！　モンスターが急にいっぱい湧いてきた。助けに行った方がいい？」

「それは『横殴り』と言って、やっちゃダメな行為のひとつだ。これも覚えておいた方がいい」

「えーっ。そうなの？」

「そうだ。彼を見てみろ。全く困っていないし、モンスターはみるみる減っている」

「本当だ。確かに大丈夫そう。それにしても、VRっていろんなルールがあるんだね」

「没入型のゲームは臨場感が半端ないから、みんなが互いに快適にゲームをするためには、どうしてもルールが多くなる。ちゃんと守った方が、変なトラブルに巻き込まれずに済むよ」

「わかった。これからもいろいろ教えてね」

「もちろんだ。じゃあ、俺たちも行くぞ」

「おーっ」

ふーっ。つい夢中になっちゃった。

今日はこれくらいにしておくか。神殿で「メッシの実」を加工する時間も必要だしね。あと十日あるから、毎日インして三百個ずつ採っていけば大丈夫だろう。

そういえばさっき、こっちを見ているプレイヤーがいた。背の高いイケメンと、小柄な美少女だ。ご新規さんかな？　横殴りしてくるかと思ったら、大人しく見学しているだけだった。今時マナーがいいなと、ちょっと感心。仲が良さそうに話していたし、カップルかな？　だったら、ゲーム内でデートかぁ。

う、羨ましいわけじゃないぞ。女の子の方はかなり若く見えたから、俺の圏外だ。でも、あんな風に二人で狩りに出るのはありかもしれない。寄り添っているって感じっていうのかな？　あの距離感がよさげだった。

……予定を聞いてみようかな？　ただ生産職は、今はオークションの取引で忙しいはずだ。間(ま)が悪くて気(き)の利かないやつだと思われるのも嫌だな。

うーん。悩む。

そうだ！　イベント期間中だから、ＮＰＣショップで珍しい食材を売っているはず。「お知らせ」でそんなことを言っていたし。

新しい食材を使ったバフ付きのお菓子。いいかもしれない。いろんな種類を作って差し入れにいけば、忙しさ具合がわかるんじゃないかな？　作業しながらでも食べやすい用に、小さな焼き菓子にすればなお良し。うんうん。そうしよう。

【調理】のスキルレベルが上がって【調理Ⅷ】になってから、一部のステータス（ＳＴＲ(力)、ＩＮＴ(知力)、ＤＥＸ(巧緻性)）については、普通の食材でもバフ料理を作れるようになった。今は更にスキルレベルが上がり【調理Ⅸ】になっている。

ちなみに【Ｓ調理】の場合、レベルⅣでＳＴＲ＋料理を作れるようになるらしい。やっぱりＳスキルは一般スキルより早熟で、低いレベルから多くのことができるんだね。

でも俺は【Ｊ聖餐(せいさん)作成Ⅳ】でＭＮＤ＋とＬＵＫ＋のバフもつけられるから、これでＶＩＴ(体力)、ＡＧＩ(敏捷性)を除いた様々なステータスのバフ料理を作れることになった。

おっ、桃を発見。こっちは洋梨だ。よく見れば、ブラックチェリーもあるじゃないか。これ全部、新しく実装されたやつかな？　たぶんそうだ。

確かDEXを上げるのはベリー系なはずだから、苺・ブルーベリー・ラズベリーも多めに買っておこう。MNDとINTも生産の役に立つと聞いた気がする。MNDはあのイチジクがまだ余っているからそれでいいとして、INTはリンゴとブドウだったかな？

アイテムボックスって超便利。目についた果物を、次々と購入してはポイッとアイテムボックスに放り込んでいく。

あと必要なのは、バターと小麦粉、アーモンド粉、クリームチーズ、卵に牛乳、砂糖。それに生クリームか。足りない調味料は、神殿のものを使わせてもらおう。いいよね？　神殿のみんなの分も作れば苦情は出ないはずだ。神殿に戻ったら、レシピで大量生産だ！

そして、張り切ってお菓子を作りまくった結果、続々と変な名称のレシピができあがった。

・恩寵桃のフロニャルド
・至福の桜桃のクラフティ
・開運のタルト・ブルダルー
・叡智の林檎のショーソン・オ・ポム
・英明の綺羅星・葡萄の雫
・慧眼のマカロン・二種のベリー風味

・名匠（めいしょう）苺（いちご）のダックワーズ
・救済の無花果（いちじく）・コンフィ仕立て

……うん。こうなるだろうなって、作っている最中に感じていた。なんかピカピカ光ったりして変だったから。原因はよくわからないけど、もうあえて何も言うまい。

《第四回　街イベント「収穫祭」結果》
獲得アイテム：「光の珠」※使用すると、マスコット妖精のレベルを1上げることができる。
特別衣装ランキング：圏外
《色妖精（白）》メレンゲ　LV2［HP（ヒットポイント）］10［MP（マジックポイント）］10
【渾天（こんてん）のドレス（翼）】【妖精の接吻（せっぷん）Ⅱ】

［ユーザー名］ユキムラ［種族］人族［職業］正大司教（格★★）［レベル］78
［HP］530［MP］460［GP（ゴッドパワー）］2100（／2010）
［STR］140【145】＝285［VIT］145【120】＝265
［INT］165【65】＝230
［MND］675【375】＝1050（／1005）
［AGI］130【125】＝255［DEX］205［LUK］190【30】＝220
Bonus Point（ボーナスポイント）0

《職業固有スキル》

【戦闘支援】　身体強化　精神強化　属性強化　状態異常耐性

【結界】　結界　範囲結界　拠点結界　聖籠

【浄化】　浄化　範囲浄化　聖属性付与　祝聖（生物に聖属性付与）

【状態異常治癒】　毒中和　麻痺解除　衰弱解除　混乱解除・魅了解除

【回復】　回復　範囲回復　持続回復　完全回復

《スキル》

【ＪＰ祈禱Ⅸ】【ＪＳ疾病治療Ⅵ】【Ｊ教義理解Ⅶ】【Ｊ聖典朗読Ⅶ】【Ｊ聖典模写Ⅴ】

【Ｊ聖水作成Ⅶ】【Ｊ説法Ⅴ】【Ｊ儀式作法Ⅴ（聖職者）】【Ｊ礼節Ⅴ（聖職者）】

【Ｊ天与賜物Ⅳ（聖職者）】【Ｊ聖餐作成Ⅴ】【Ｊ聖歌詠唱Ⅰ】【Ｊ聖文暗唱Ⅰ】

【Ｐ頑健Ⅳ】

【Ｓ棒術Ⅶ】　突き　打撃　薙ぎ　連撃　衝撃波

【Ｓ生体鑑定Ⅳ】【Ｓフィールド鑑定Ⅲ】【Ｓ解体Ⅳ】

【速読Ⅶ】【筋力増強Ⅳ】【調理Ⅸ】【気配察知Ⅲ】【暗視Ⅲ】【清掃Ⅱ】【採取Ⅰ】【水泳Ⅱ】

【釣りⅠ】

《加護》【井戸妖精の友愛】【聖神の加護Ⅷ】

《装備》

【大司教のローブ】

【大司教の典礼服】【大司教の飾り帯（肩）】【大司教の飾り帯（腰）】／【上質な神官服】）
【金箍棒】【隼風のブーツ】【聖紫銀の胸当て】【聖紫銀のガントレット】
《アクセサリ》
【聖典★★★★★★】【慈愛の指輪】【銀碧玉のロザリオ】【星霜の護符】【ルーンの指輪】
【慧惺のロケット】【水精の護符】【万雷の首飾り】【雨燕の指輪】【螺旋の腕環】
《色妖精（白）》メレンゲ　LV2［HP］10［MP］10
【渾天のドレス（翼）】【妖精の接吻Ⅱ】

4　湖の街へ

収穫祭のイベントが終わった。オークションが活況だったので、生産者組はだいぶ懐が潤ったそうだ。

初めてのオークション開催である上に、第三陣が参入したことでプレイヤー数が三万人も増えた。新規参入組が第一陣・第二陣を合わせたより多いのだから、そりゃあ賑わうわけだ。

だけどまだ全然G（おかね）が足りないって、みんな言っている。なぜなら、生産組が上級職になるためには、とてもお金がかかるクエストがあるからだ。

それが転職クエスト「自分の工房を持とう！」だ。

工房は最小限の小さなものでも五百万Gもする。中規模のものでも一千万越えが普通で、王都の目抜き通りに設置するなら、その金額の天井はわからないそうだ。なんか世知辛いね。

せっかく工房を構えるなら、そこそこ良い立地で設備はしっかりしたものを揃えたい。そう言って、みんな金策に奔走している。

そこでだ。

新しく行けるようになった街に、狩りと下見を兼ねて行ってみようじゃないか！　ということになった。

新しい街はいくつかある。だけど「王都」は、第三の街「トリム」から船で行くしかない。正確に言えば陸路もあるが、まだそこはＮＰＣしか通れない。だから、まずは陸路で行ける第四の街「クワドラ」へ行く。そのあと時間に余裕があれば、湖の街「副都ユーキダシュ」へも足を伸ばそうということになった。

§　§　§

今俺たちは第三の街「トリム」を出発し、海岸線を北西に進んで第四の街「クワドラ」を目指している。

道中に出てくるのは、海辺ということで蟹や貝のモンスターが多い。また時々、海から海牛や海獣系のモンスターが上がってくることもある。そこで活躍するのが、解放クエストのイベント報酬で出たこの武器になる。

【金箍棒】ＳＴＲ＋１２０　ＡＧＩ＋40　ＬＵＫ＋10　耐久５００

※水属性に特効＋（与ダメージ上昇・クリティカル発生率上昇）

特効武器は、実際に使ってみると凄く便利な代物だった。

この辺りまで来ると、雑魚キャラといってもだいぶ強くなってきている。でもこの武器があれば、非力な俺でも力増し増しで、かなり狩りがいがあった。モンスターがドロップする食材を、ここで大量ＧＥＴだ！

「今夜は蟹料理だな！　材料費がタダだから、気兼ねなく食えるぞ」

「宿屋で調理してもらう？」

「いや、『クワドラ』の海岸にも、小さいけど砂浜とバーベキューエリアがあるらしい。そこでだ。【調理】レベルの高いユキムラに是非調理を頼みたい。でも浜焼きとか鍋はさすがに無理かな？」

「いえできますよ。『バーベキューセット』と『鍋料理セット』を持っていますから」

「おおっ、超有能！　そんな調理セットがあるんだ？　さすが、できる男ユキムラ！」

「収穫祭イベントの時にＮＰＣショップを回っていたら、料理道具やセット商品が沢山売られていたから、つい買っちゃいました。調味料も結構揃えましたよ」

「素晴らしい。これは神官様のお料理に期待大だ」

「収穫祭かぁ。オークション用の品物を作るのと売るのに必死で、あんまりショップは回れなかったんだよな。同業者と素材店だけは最低限チェックしたけど」

「私も同じ。第三陣に予想以上に服が売れて、補充に次ぐ補充で大変だったもの。そうそう。ユキムラさん、あの時は本当にありがとう。あのバフ付きのお菓子、とても助かっちゃった」

「あの差し入れはタイムリーだったよな。それに美味かった」

おっ、結構好評だったのかな？

「特にあの二色のマカロンは秀逸ね。あれって注文生産はできるのかしら？　もちろん、お代はしっかり取ってもらって」

「俺はDEX上げ用の苺味の平べったいやつと、LUKの上がるタルト系のお菓子が欲しい」

「どれも生産ギルドに置いたら間違いなく売れる。バフ量もいいし、サイズも手頃で作業の合間につまみやすい」

「それには同意。名前はなにやら怪しいけど、効果は確かだったから」

「名前か。確かにメチャ怪しかったな。あれ、ユキムラがつけているのか？」

いやいや、それはないから。

「まさか違いますよ。なぜか自動であんな名前が付いちゃって。俺としては、もっとシンプルな名前にしたいのに、変える方法があるのかどうかもわからないです」

「レシピの名称変更は、一般スキルじゃ多分無理。Sスキル持ちの生産職の料理人は、自分の作品に自由に命名できるみたいだが」

「一般スキルよりもSスキルの方が、そういったオプション機能が多いのよね」

「生産職はまずSスキルを取るから【S調理】については結構情報が出ている。でも生産系の一般スキルのレベルを、ユキムラみたいにガンガン上げているケースはあまり聞かないから、そこはよくわからないな」

「違いねえ。そこまでレベルを上げたことに感心するわ」

上げたっていうか、成り行きで上がっちゃったんだけど。

「じゃあ怪しくてもいいから、バフ菓子を頼んでもいいか？　今だけでいいからフレ価格でお願い。悪いけどさ、超ビンボーなんで」

「ちゃっかりしてる」

「俺も便乗してもよければしたい。頼んでもいいかな？」

うん、大丈夫。一時作りまくったから、大量生産にはかなり慣れた。

「レシピで簡単に量産できるし、材料費も安いからフレ価格で大丈夫ですよ」

「マジ助かる。急がないから、暇なときにでもよろしく」

「クワドラ」に到着した俺たちは、いつものように冒険者ギルドで情報をチェックした後に一旦解散した。浜辺で行う予定のバーベキューまでは、各自自由時間になる。

市場も見に行きたいけど、先に宿を確保しないとね。

おっ！　あれかな？

「『湊水神殿』へ、ようこそおいで下さいました。我々一同、大司教様のご来訪を心待ちにしておりました。ご覧のように小さな所帯です。ご自分の家と思ってお過ごしください」

「クトゥールさん、ご無沙汰しております。『碧風祭』でお会いして以来ですね。あの時は、ご参列ありがとうございました。お言葉に甘えて、しばらくお世話になります。よろしくお願いします」

ここの神殿長のクトゥールさんは既に顔なじみだ。そのおかげか、とんとん拍子に話は進む。

「勿体ないお言葉です。ところで大司教様、今後のお食事のご予定をお伺いしても？」

「はい。今夜は旅の仲間と一緒に外でとることになっています。でも明日以降は、基本的には皆さんとご一緒したいと思っています。よろしいでしょうか？」

「もちろんでございます！　ささやかながら、歓迎の宴を催させて頂きたいと考えておりますので、それは明日の夕餉に致しましょう」

「お気遣いありがとうございます。私も少々料理を嗜むので、お邪魔でなければ宴用に数品作らせて頂きたいと思っています。いかがでしょう？」

「もちろん！　もちろん、大、大、大歓迎でございます！」

おうっと！　めっちゃ反応がいい。いったいどうしたんだろう？

「先日『碧耀神殿』で大司教様のおもてなし料理を頂いた際には、私はもう感涙でございました。またあのようなお料理を頂けるなんて、望外の喜びでございます。『クワドラ』は小さな街ですが、海の幸は他の大きな街にも引けを取りません。特産品の雲丹や帆立貝、今の季節なら岩牡蠣も旬でございます。いろいろと材料を取り揃えてお待ちしております」

そうだった、すっかり忘れていた。

このクトゥールさんは「碧風祭」に来た折に「碧耀神殿」に泊まって、俺の手料理を食べていたことを。

「それは素晴らしいですね。私も市場を見て回るつもりですが、お話を伺って、とても楽しみになりました。ところで話は変わりますが、ここクワドラの街で、何か祭礼やその類の催し物が開かれることはあるのでしょうか?」

ちょっと唐突だけど、大事なことだから自分から聞いてみる。

「はい、ございます。今年はもう終わってしまいましたが、毎年春に『豊漁祭』が行われています。街をあげてのお祭になりますので、大変賑やかで観光客も大勢いらっしゃいますよ。大司教様も機会がおありになりましたら、是非一度お越し下さい」

……残念。この感じだと、どうやら六祭礼とは関係ないみたいだ。まあ、そうは上手くいかないか。

「『豊漁祭』ですか。それは楽しそうですね。そのうち折を見て訪れてみたいと思います。では、少し街を散策しに出かけて来ます。また後ほどよろしくお願いします」

「お気をつけて。いってらっしゃいませ」

市場だ！　それも、新鮮な海の幸がいっぱい！

うわっ！　どれにしようか目移りする。雲丹・帆立貝・岩牡蠣はもちろん、海老も欲しい。

モンスターからのドロップは、蛤みたいな二枚貝だったから、サザエみたいな巻貝があるといいな。壺焼きをしたいから。あと海藻類も要チェックだ。それと、珍しい魚……あの縞模様の魚は初めて見る。その隣の大きい魚は何だ？

　えっ？　これって鮭じゃないか？　この特徴のある厳つい顔は、限りなく鮭っぽいよね？

「おじさん、これなんて魚ですか？」

「いらっしゃい！　こいつは『鱒の介』だ。こっちはメスで卵を持っているが、身はあまり美味くない。身を食べるなら、そっちのオスがお勧めだ」

「メスとオスを両方、五匹ずつ下さい。あと、その縞模様の魚も五匹。ちなみにこれは、なんて名前ですか？」

「毎度あり！　これは『縞鯛』っていう魚だ。薄く引いて生で食べてもいいし、塩焼きや油で揚げても美味い」

　薄く引いて生ってことは、刺身ＯＫってことだよね？

「生で食べる場合、味付けは塩ですか？」

「塩でも美味いが、酢の入ったソースや『豆醤』をちょっとつけて食べるのも美味い。沢山買ってくれたからオマケしといたぜ。また来てくれよな！」

　豆醤？　それって醤油みたいなもの？　あるいは味噌？

　ＩＳＡＯでは、果物や野菜は概ねリアルそのままの名前がついている。でもそれ以外の食材は、なぜか時々違う名前に変わっていることがある。醤油的な調味料かもしれない豆醤は、是非手に入れたいアイテムだ。調味料を売っている店を探さなきゃ。あと調理器具を売っているお店も。もし刺身庖丁が売っていたら、この際手に入れてしまいたい。

陽の落ちた浜辺に、なんともいえない香ばしい匂いが漂い始めた。準備した食材は、雲丹・帆立貝・岩牡蠣・海老・烏賊・サザエなど盛りだくさんだ。

「俺、イカ焼き予約ね。すっげえいい匂い。ＩＳＡＯの再現力ってマジ半端ねえな。ＶＲじゃなかったら、ヨダレが出ているところだ」

「くうっ！　焦げた醤油の匂いがたまらん。俺はまず壺焼きを食す。こっちの蛤もうまそうだ。汁が溢れてきているじゃないか！」

「蟹だ蟹だ！　蟹を食うぞ！」

今夜は、みんなやけにテンションが高い。

海産物が魅力的なクワドラだけど、あまり生産は盛んじゃなかったようで、工房の設置候補地からは外れたそうだ。なのに何でこんなテンションかというと、ひとつにはお酒が入っているせい。でも主たる理由は、有望な金策情報を入手したからだ。

クワドラの北の湖沼地帯にいるモンスター「蝶々貝」が「真珠」をドロップするらしい。その「真珠」が、結構な高値で売れるんだって。

「俺の『雷魔術』で、真珠は総取りだぜ！」

上級職「錬金薬師」への派生ルートを目指しているアークは、転職条件として魔法系スキルをいくつか取る必要がある。

　そこで新たに取得したのが【S雷魔術】と【S付与魔術】だ。

【S雷魔術】は、元々持っていた【S水魔術】と【S風魔術】のレベルが共に上がったことで、スキル選択肢一覧に出てきた。

　もう一方の【S付与魔術】は、転職の必須条件なので必ず取らないといけない。レベル数＝付与できる属性（保有スキルから選択）で、最初はひとつの属性しか選べない。その最初に選んだのが「雷属性付与」というわけ。

　水辺で雷属性は強いよね。このタイミングで取れるなんて、とても運がいいと思う。だから、アークのテンションが日頃より高いのも納得だ。

「でかした、アーク！　武器に雷を付ければ全員で無双できるな。うちにはユキムラがいるから、水棲モンスターの毒も麻痺も怖くねえし、こりゃもうウハウハだぜ」

　湖沼地帯といえば「毒」、そして「麻痺」が厄介の元になる。

　ＩＳＡＯの運営は、よほど「状態異常」が好きなのか、水辺のモンスターには毒・麻痺持ちがとても多い。でもお高いんだよね。「毒中和薬」と「麻痺解除薬」って。

　通常の「毒」なら値段の安い「毒消し」で消せるけど、これから向かう湖沼地帯では「猛毒」の状態異常が付く。そうなると、神官の職業固有スキルの【状態異常治癒】［毒中和］か、値段の高い「毒中和薬」しか効かない。麻痺も同様で「強麻痺」は【状態異常治癒】［麻痺解除］か、「麻痺解除薬」しか効かない。

神官がいないパーティだと、薬代が嵩んで儲けが飛んでしまうから、このエリアは当然避けることになる。でも我々にとっては、競合が少なくて狩り放題という、優良な狩場になるというわけだ。

「そろそろ火が通って食べられますよ。熱いので気をつけて下さいね。次は帆立貝のバター醤油焼きと、岩牡蠣の炙り焼きいきます！」

「おうっ！　どんどんいっちゃって！」

「おーし！　食って食って食いまくるぞ！」

「ではみんなで、いっただっきまーす！」

クワドラで海の幸を堪能した後は、北上して湖沼地帯での資金稼ぎだ。

アラウゴア湖の西に広がるこの一帯は、六つの汽水沼が密集して分布する、広大な湿原になっている。

「いたぞ！　蝶々貝だ！」

「真珠出ろ出ろ、真珠出ろ！　からのぉ、雷アタック！」

「もう一匹いたぞ！」

「おっ宝ザック、ザックザクのザクッ！」

ここに来てから、みんなテンションがとても高い。高過ぎるくらいだ。

ＩＳＡＯらしく、背景には赤紫色に染まるモウセンゴケや、白い綿毛が可愛らしいワタスゲの群落など、湿地帯特有の植物も見事に再現されている。だけど「綺麗だなぁ」なんて眺めていたのは最初だけ。今は脇目も振らずに蝶々貝探しに奔走している。まさに物欲センサー全開って感じだ。

それだけ、生産職の資金繰りが大変だってことなんだよね。集めた真珠を売ったお金は、等分に分配することになっている。だから俺も働かなきゃ。

「お前らじゃなーい！」

大きな声に何事かと思ったら、目的とは違うモンスターが湧いて出たらしい。急いで駆けつけると、泥の中からポコポコと緑色の丸い物体が浮き出てくる。その名も「モリマー」だって。

「くっ、切れない。こいつ結構固いぞ！」

「雷アタック！　あれ？　いまいち効かない？」

「こういう時は殴れ！　殴って壊してしまえ」

言われるままスキルを使って棒で強打すると、モリマーはあっけなくバラバラに崩れてしまった。案外脆い？

「打撃が有効で刃物では切れないってことは、斬撃耐性か？」

「雷耐性もありそう」

そういうことなら。

「俺が対処します！」

「数がかなり多いけど、任せてもいい？」

「はい。これくらいなら大丈夫です」

何しろ対象が大きい。一個一個がバランスボールくらいある。だから当てるのは簡単だ。カッパ（花モンスター・メル）退治で鍛えた技もある。

いくぞ！　台風の目！　なんて。

棒の片端を両手で持ち、自分を中心にして勢いよく旋回して薙ぎ倒す。グルングルンと連続攻撃だ。いやっほう、気持ちいいくらいにばらけるな。

「なんかすげえな、ユキムラ」

「ああいうのを見ると武道経験者だってわかる。身体の切れが全然違うから」

「よしっ！　じゃあ、あっちはユキムラに任せて、俺たちはガンガン真珠を集めよう」

真珠狩りをしてガッポリ稼いだ俺たちは、次の街「ユーキダシュ」に向かった。

「クワドラ」と「ユーキダシュ」の間には、広々とした草原が広がり、羊や馬によく似たモンスターが出現する。

馬モンスターは、テイムすると騎乗したり馬車を引かせたりすることができる。だから、騎士や商人を始め、攻略中心のプレイヤーたちも、日々テイムに励んでいるそうだ。だけど普段は街にいて、たまに新エリアに移動するだけの俺たちには、これはあまり関係がない。

なぜかというと「乗り合い馬車」があるから！

マップが広く開通したことで「乗り合い馬車」が新たに実装された。

これが凄く便利。

移動時間が徒歩よりもかなり短縮できる。そのおかげで、時間ギリギリまで湖沼地帯で真珠狩りをして、その後馬車に乗って街へ移動した方が、トータルでは稼げるという計算になった。

帰りは狩りをしながら戻る予定だけどね。

それはもちろん、羊や馬のモンスターの素材を手に入れるため。羊毛や良質な皮革がとれるから、ジンさんとキョウカさんがかなり乗り気になっている。

俺的には、ずばり肉が目的だ。馬刺しかタタキ。羊は串焼きかシチューかな？　ジンギスカンもいいかも。肉があまり臭くないといいな。ジンギスカン鍋って売っているのかな？

そんな捕らぬ狸のなんとやらをしていると、乗り合い馬車の御者NPCから声がかかった。

「お客さん、もうすぐユーキダシュに着きますよ。降りる準備をしておいて下さい」

もうユーキダシュに着いちゃうのか。本当に早い。「副都」ってわざわざ付いているのが気になる街。大きな街だと聞いている。どんなところかな？　すごく楽しみだ。

到着して、早速冒険者ギルドで調べたところ「ユーキダシュ」の街は、かつては政治の中心地である「王都」だったことを知る。

例の怪物によりシーナ海峡が遮断され、この街からは、他国との交易船が行き来するモーリア海へ出られなくなってしまった。そのため、王都は現在の場所へと遷都している。それ以来、ここは「旧王都」あるいは「副都」と呼ばれるようになった。そんなシナリオだ。

ユーキダシュは「アラウゴア湖」という大きな汽水湖の湖畔にあり、その湖が白鳥の渡来地として有名なため「水の都」とか「白鳥の都」と呼ばれることもある。

また旧王都なだけあって、街自体がとても大きく、更に歴史も古い。「学問の塔」や「魔術の塔」に「錬金術の研究施設」や大きな「図書館」もあると聞いている。見て回るだけでも大変そうだ。

そして当然のことながら……格式高く由緒正しい「大神殿」も、途轍もなく大きかった。

§　§　§

アラウゴア大神殿。

今目の前にある、巨大な建築物がそれなわけで。……いや、マジ半端ない。その広さを表すには、東京ドーム何個分？　そういう単位が相応しいくらい。

今いる神殿前広場だって、ちょっとした野球場くらいの広さがある。それが大神殿と比べると、小さな広場にしか見えなくなる。明らかに縮尺がおかしい。近くに寄ってみると、柱の太さがまるで屋久杉。遠近感が狂ってしまいそう。

ユーキダシュの大神殿へ行くと告げたら、クラウスさんが紹介状を用意してくれたわけだ。

実物を見たら納得です。……でもどうしよう。こんな立派な施設を、果たして宿屋代わりに使ってもいいものか？　そう躊躇する気持ちが湧いてくる。

いや、ちょっと待て。よく考えろ。紹介状という誘導的なアイテムを渡されたのは、ここに転職クエストか、あるいはそれに準じる何か大事なイベントが仕込まれている可能性がある。それなら素通りしてはダメだ。

よし、腹をくくろう！　でもその前に、一旦ログアウトかな。け、決して逃げているわけじゃないよ。ふぅ。少し気分転換してから、また改めて出直してきます。


はい。で、ログイン。覚悟は決まった。でもまだかなり弱気のまま。

正面から行ってもいいのかな？　こんなに大きければ、通用口や別の出入口が絶対にありそうだ。でも、それが何処だか全く見当がつかない。早くも気が焦る。

どうしようか？　そうだ！　あの親切そうな守衛さんに聞いてみよう！

「あの、すみません。ちょっとお伺いしても宜しいでしょうか？」

「はい。なにかお困りですか？」

「私はユキムラと申します。ジルトレのウォータッド大神殿に所属している者です。今日からしばらく、この街に滞在することになりました。こちらの大神殿の責任者の方に、是非ご挨拶をさせて頂きたいのですが、お取り次ぎを願えますでしょうか？」

ちょっと泊めてほしいから、責任者に会わせてよなんて軽口は、とても言えない。

「それはよくいらっしゃいました。紹介状か何か、お持ちでしょうか？」

うん、持ってる！　ちゃんと持ってるよ。

「はい。こちらにウォータッド大神殿のクラウス副神殿長からの手紙を持参しております」

「ではそちらをお預かり致します。ただいま休憩室にご案内致しますので、そちらでしばらくお待ちください」

ふぅ。どうやら、なんとかなりそうだ。

この「アラウゴア大神殿」のトップは、ハウウェル首座大司教様という方（もちろんＮＰＣ）だった。面会を無事？　済ませて、この広大な施設を接客係のウェルズ司教（この人もＮＰＣ）に案内してもらった。

それはもう凄いの一言。

荘厳かつ壮大な「大聖堂」を中心に、数多くの施設が配置されている。まるでちょっとした街みたいだ。

まず大聖堂の正面入口に面した東側には、厳粛な雰囲気の「エントランスホール」と、巨柱で囲まれた「神殿前広場」があり、それぞれが体育館、野球場サイズくらいある。

エントランスホールの両サイドには、警護のための「騎士詰所」が置かれている。

大聖堂の南側には「謁見ホール」があり、その奥に「宝物館」と大小様々な「広間」が数箇所ある。北側には、大・中・小三箇所の「礼拝堂」と、その他に「控えの間」や「道具部屋」などが幾つも配置されている。

更にその北側には、神話的彫刻で装飾された「大噴水」があり、それを囲むように美術館のような「ギャラリー」（絵画やタペストリー、陶磁器や聖具を展示）が何棟も建ち並んでいる。「歴史博物館」や「工房」「図書館」まで揃っている。

ギャラリーの東側には、大通りのような広々とした「中庭」が。その先には「施療院」と「神官寮」があり、隣接する「食堂・厨房」を挟んだ北側には「騎士寮」と「騎士訓練所」が並んで建っている。

どれもこれもやたらと広い。

それだけでなく、各建物・部屋の間には、壮麗な彫刻で飾られた「大回廊」や移動のための「小回廊・階段」が張り巡らされていて、まるで迷路のようだ。

またこれらの施設群の西側には、ドーム球場四、五個分くらいはありそうな、整然と区画分けされた広大な「庭園」と散策路、点在する瀟洒な館が何棟か。

そして大事なのがこれ。「学舎」。そう、学舎なるものがあるそうです。

「学舎」＝上位神官になるために、各地の神殿から聖職者たちが学びに来る施設――だって。

そういえば、ちょうどそんな人がいるよね。よそから紹介状を持ってやってきた、右も左もわからない、新参の神官が約一名。

うん。予想通り、俺もここに放り込まれた。クエストですか？　クエストですね。

なるほど、それなら仕方がない。でもここで疑問がひとつ。

……なんで生徒が俺だけなの？

なんで？　変だよね？　普通はもっといるよね？　だって学舎だよ。学舎と書いて「まなびや」と読む――なんだから、そこには学生がつ・ど・わ・な・きゃ。

今更、学友はプレイヤーじゃなきゃ嫌だなんて贅沢は言わない。ＮＰＣで十分なんだ。ノーモア・ボッチ！　ウェルカム・フレンズ！　共に学ぶＮＰＣの学友。それくらい、用意してくれてもいいんじゃないの？　ねえ運営さん！

……えっ？

実は他にも学生はいる。だけど貴族の子弟ばかり。海峡が分断されて以降、王族も貴族も新王都に移ったから、その子弟も新王都の大神殿での修業を希望する。

なんだって？　でもそのシナリオって、運営が決めたわけだよね？

「大神殿といっても、ここより狭くて格式も低いです。貴殿がここで学べることは、僥倖といえます」

そう説明しながら、ウェルズさんの鼻息が段々荒くなってきた。大丈夫？　と少し心配になってしまう。それにしても、ＮＰＣがここまで感情豊かなんて、キャラ設定に凝り過ぎでは？　でもここで学ぶことになったのは、ラッキーなことらしい。それなら、やるしかないよね。

というわけで、しばらくユーキダシュに滞在することになった。思いっきり成り行き任せで、海に漂うクラゲのように流されまくりだ。

他の仲間はというと「錬金薬師」を目指すアークと「魔道具職人」を目指すトオルさんも、ここユーキダシュで転職絡みのクエストが発生したらしい。そして終了するまで、しばらくこの街に滞在することを決めたそうだ。

残りの三人は、ここに来て、ジルトレの周辺エリアに転職クエストがあることが判明したそうで、狩りをしながら一旦ジルトレまで戻ることになった。当初は一緒に帰るはずだったけど、これはもうやむを得ない。狩りの獲物の肉は、後でバフ菓子と交換してもらうことにしよう。

今俺は「図書室」にいる。

街にある立派な「大図書館」でも、神殿の大きな「図書館」でもない。学舎に併設されている「図書室」だ。こぢんまりとしたこの施設には、司書がいない。だから必要な本は、自分で探さなければならない。

キャスターと押し手付きの「俺専用台車」とやらが用意されていて、そこに順番に本を積んでいくと、あっという間に山のようになった。

そんなに集めて、いったい何をしているのかって？

分厚い『王国歴史書』や『神学歴史書』を始めとして『教義書　総論・各論』『神殿儀式大全』『儀式礼法の意義と役割』『神学体系論』『聖典原著解釈』『神学的人間論及び社会倫理』『美術・音楽・建築に現れる信仰の表現』といった堅そうな内容の本の数々。

目が滑りそうなタイトルばかりだけど、これらの本は、全て課題として配られた文献リスト

に載っていたものだ。

この本の山の一冊一冊に目を通し、レポートを書かなければならない。そして、その作業の真っ最中だったりする。ただひたすら黙々と。そして延々と。もちろん一人で。

リアルでレポート提出（大学生だから）。ゲームの中でもレポート提出（いったいなぜ？）。今週はそれしかしていない気がする。泣いていいよね、これ。


……はぁ。終わらない。終わらないったら終わらないよ。

俺だけじゃない。アークとトオルさんも似たような状況だと言っていたから、これはもう仕方がない。そう言いつつも、ついまた溜息が出てしまう。厳し過ぎるよな、ＩＳＡＯって。

先行組から得た情報によれば、上級職は中級職に比べて相当に強化されるらしい。こういった転職関係の苦労は、ちゃんと報われるそうだ。だから俺がここでしている苦労も、いずれきっと役に立つはず。そう思って今は頑張るしかない。

……とは言っても。

レポート提出の嵐のあとには、暗記地獄・礼法地獄が待ち構えている。神殿にいて地獄とは、これ如何に。


気分転換に街に出て来た。根を詰めてばかりいるのはダメで、息抜きって必要です。

心が癒しを求めている。だから北の街門を抜けて、アラウゴア湖の湖畔までやってきた。この街の名物の白鳥を見るためだ。

餌売りの子供から白鳥用の餌を買い、盛大にばら撒いてみる。

「ほれ、ほれ。ご飯だぞ。おいでおいで」

俺の声に気づいて、素直に白鳥たちが寄って来た。可愛い奴らだぜ。

うぉ！　待て！　寄り過ぎだって。慌てるな！　群がるな！　餌は沢山ある。ほれっほれっ！　だから、そんな風に人を襲うんじゃありません！

……なんか、こういうことをしたのは、久しぶりな気がする。

家族で上野に出かけた時、不忍池の鴨に餌をあげたことがあったな。池畔の売店で餌を買って、どんなものが入っているのかなってワクワクして餌袋を開けた。そうしたら、インスタントラーメンを砕いたのが入っていて、ビックリした覚えがある。でもその食いつきがいいのなんの。さすがラーメン。鴨もラーメンは美味いって思うのかと、変なところに感心した。

さて。十分に癒やされたので、次は市場に行くとしよう。これだけ大きな街になると、市場もひとつふたつじゃない。

ユーキダシュの街は、巨大な同心円上の構造をしていて、北東から南西に流れる川を境に南北に二分されている。その川の中心部にある中洲状の島が「旧王城」エリアだ。

「旧王城」エリアを中心として、街全体に何本もの環状道路が走り、それにより次のように整然と区画分けされている。

・旧王城の対岸、北側の半円が北一区と呼ばれる「旧貴族街」。

・その外側の北二区には、東から順に「学問の塔」を含む「学究エリア」と「錬金術研究所」がある。そこから、北に走る北大参道を挟んで「大図書館」が。その隣には「円形広場」と「大歌劇場」が威容を誇る。そして西端には「魔術の塔」を擁する「魔術エリア」が広がっている。芸能や魔法、錬金術の転職関連施設が、ギュッと詰まった一画だ。

・北大参道は、そのまま北に進むと北三区にある「大神殿」にたどり着く。大神殿の東側と西側は「商業エリア」になっている。

でもこの辺りは、参拝客相手の土産物屋や飲食店に宿屋、または高級品を扱う店ばかりなので、俺が行くのは更に外周寄りの北四区にある生鮮市場だ。

隣の北五区から街壁の向こう側に出れば、もう湖は目の前。

ちなみに、川の南岸の南一区には、北と同様に半円形の敷地の高級住宅街があり、そこから始まる南大参道を進んだ南三区には「大修道院」がある。

「大修道院前広場」の両側には「冒険者ギルド」や各種「生産ギルド」が立ち並び、その周辺には複数の市場や冒険者相手の各店舗、飲食店、宿屋など賑やかな街並みが続いている。

本当はそっちに行きたかった。でも、休憩時間に気軽に行くにはちょっと遠すぎるので、残念ながら断念した次第。

目的地の市場に到着した。

「アラウゴア湖」は汽水湖なので、スズキやヒラメ、カレイなどの海水魚に加えて、ニジマスやヤマメ、ワカサギなどの淡水魚も並んでいる。海老や蟹類も種類が多く、目ざとく見つけた大粒のシジミも確保しておいた。

これだけの幸が採れる湖なのに、プレイヤーが行けるのは湖岸までと制限されている。釣りはできても、船で乗り出すことはできないらしい。もちろん泳ぐのも不可。

でも市場でこれだけ揃えば、後でいろいろな料理を作れそう。新しい料理レシピも試してみたいし、この際だから、まとめて材料を買っておこう。

大神殿に戻ると、早速厨房に直行した。料理魂に、若干火がついている。

川魚は串を打って炭火で塩焼きに。ワカサギは天婦羅になった。大ぶりの海老は、出汁がよくきいたクリームスープに変身だ。彩りよく生野菜のサラダを付け合わせにして。

うん、とっても美味しそう。我ながら上出来！

・虹桜の鱗舞　至福のひととき　星聖塩仕立て
・クレーム・ド・ラングスティーヌ　天使の囁き
・鰙の天婦羅　黄金の煌き　清香の木の芽を添えて
・翠緑の競演　輝光のオランデーズソースとともに

でき上がった料理の名称は相変わらずだ。いや、ちょっとパワーアップしているかもしれない。……実は心当たりがある。今回は開き直って、調理の際に聖属性付与を大盤振る舞いでかけまくり、自作の聖水もザブザブと使用してみた。レシピ名に「福・聖・天使・煌・輝」みたいな字がガンガン入っているのは、おそらくそのせい。

いいのいいの。味が美味しければいいんだって。それに調理の腕は、メキメキ上昇したぞ！

その頃、ユーキダシュからジルトレに戻るチーム・クリエイトの三人は、まさに狩りのただ中にあった。

「そっちに行ったぞ！」

「任せて！」

キョウカは槍、ジンは剣、ガイアスは斧と盾を手にして、慣れた連携で次々とモンスターを仕留めていく。

「よし！　いっちょあがり」

「だいぶ集まったわね。これだけあれば、当分間に合うかしら？」

「ああ。肉も皮も十分だろう」

「じゃあ、急いで街へ帰りますか」

「そうだな。俺たちも転職クエストを進めないと」

予定していた分量を確保したので、帰路を急ぐ三人。

「今頃ユーキダシュ組は、どうしているかな？」

「トオルからメールが来たけど、相当に大変らしい。『魔法陣刻印』を習得しに行ったら、分厚い辞書を渡されて、先に『魔術言語』を覚えろと言われたって」

「うわぁ。いかにも大変そう」

「いったい誰がこんな仕様（しよう）を考えたんだ！　と怒っていた。『魔術言語』は、読むのも書くのも難しくて、かなり苦戦しているそうだ」

「それって、地道に覚えるしかないの？」

「Sスキルを取れば学習補助機能が働いて、習得がだいぶ楽になるらしい。取るかどうか真剣に悩んでいたな」

「そこでSスキルが有用なのね。そういうのを聞くと『Sスキル選択券』の使い所は悩むところね。トオルさんは魔法系スキルも取っていたから、ただでさえスキル枠（わく）には余裕がないでしょう？」

「そうみたいだ。やっぱり複合的な職業は、スキルのやりくりが大変そうだな。俺は正規ルートを進んでいるから、まだかなり余裕があるが」

「俺もまだある。ただこれから何があるかわからないから、枠は一応空（あ）けておくつもり」

「転職関連の情報が欲しいけど、私たちが第一陣だから手探りな部分が多いわよね」

「せっかくユーキダシュに行ったのに、とんぼ返りだったしな」

「でも真珠で荒稼ぎしたから、資金はかなり増えた」

「そうね。自分の工房を持つ日が待ち遠しいわ」

5　運営の動きと街の散策

《ISAO運営企画会議室》

「どうだ？　上級職への転職の進み具合は？」

「はい。現在、第一陣からは二十一名の上級職が出ています。内訳は、戦闘職十九名、生産職が二名。三パーティ十八名とソロプレイヤー一名になります」

「生産職が想定よりかなり少ないな」

「そうですね。懸念していた通り、転職条件の難易度に差があり過ぎたのが、この結果に繋がったようです」

　ISAOにおける戦闘職の転職条件は、その多くが「指定討伐」や「戦闘系スキルの獲得」といったものであり、攻略を進めながらでも条件をクリアできる、いわゆる脳筋仕様になっていた。

　その一方で、生産職の転職条件は「専門的な学習」や「新分野に関わるスキルの取得」「非人族NPCとの交流で獲得できるスキル」など多岐にわたり、遠回りせざるを得ないクエストの割合が多かったのである。

「やはりそうか。各職業の足並みが大きく乱れるのはマズイな。バランス調整を入れよう」

「どのように？」

「そうだな。戦闘職は上級職の二段階目の『⑥次職』に上がる条件に、生産職と同じく『NPCとの交流』や『NPC好感度の上昇』『非戦闘系スキルの獲得』などを増やす。難易度を引き上げると同時に、時間を使わせて遠回りをさせる」

「『⑥次職』のタイミングでよろしいですか?」

「ああ。既に転職者がかなり出ているからそこでいい。生産職の方は、職業に応じて『⑤次職』または『⑥次職』に上がる達成条件を大幅に緩和する。調整はまだ間に合うか?　技術班的にはどうかね?」

「難易度を上げる方は、ある程度時間を頂きますが、緩和する分には比較的早く対処できると思います」

「そこは上手く様子をみてやってくれ」

「了解です。かねてより懸案の支援系神官職はどうしますか?　正規ルートは、かなり厳しい条件ですが」

「……そうだな。あれは確か対象者が一名しかいなかったはずだが、あれから増えてはいないのかね?」

「未だ彼一人です。その彼は今現在『⑤次職』への転職クエストの最中のようですね」

「対象者が一人であれば、まだ打つ手はある。その現在進行形の転職クエストに、手を加えることは可能かね?」

「具体的には?」

「補助スキルの投入だな。あの職業の転職条件には、確か『学習』や『好感度』の項目が多かったはずだ」

支援系神官職・正規ルートは、いわゆる神官としての権威を極める出世栄達コースになっている。そのため、神殿あるいは修道院における修行や、NPCとの人脈形成の比重が、派生ルート職よりも大きくなっていたのである。

「はいそうです。当分は『学習』の占める割合が多くなっています」

「さすがに、リアルに寄せすぎたかもしれませんね」

現実世界では、各宗教の高位聖職者は相当に高い教養を要求され、日々研鑽と習得に励んでいるといわれる。——これを参考にしたため、支援系神官職の転職条件は、非常に「学習」に偏った条件に設定されていた。

更に「好感度」についても「民衆を導く聖職者はこうあるべき」という考えから、他の職業に比べて厳しく設定されていた。

「ですから、このタイミングでの補助スキルの投入は妥当だと思います。かなり負担を軽減できるはずです。『好感度』設定については、彼の場合は全く支障になっていないようですが、今後を考えると、基準値の引き下げか、好感度上昇系の補助イベントの追加が必要ではないでしょうか？」

「設定がリアル過ぎて、ゲームらしい娯楽要素がほぼなくなっていますよね。よく頑張っていると思いますよ、あの神官の彼」

「なにしろ口コミ評価が『ＶＲシンデレラ』『写経師』『礼法教室』ですから。ネットでの人気職業ランキングが低迷し続けている影響もあり、第二陣・第三陣でも彼に追随するプレイヤーの増加は、あまり期待できないだろうと予想されています。もしいても数人止まりかな」

ゲーム攻略サイトで行われている職業人気ランキング。

そこでの支援系神官職・正規ルートは「育成に魅力がない職・上位ランキング」の常連になっていた。野良ルートにしても、野良パーティでの扱いの悪さは相変わらずで、戦闘系や魔法系ビルドに寄せた派生ルートの神官職の技能に比べて、肝心の支援能力という面で期待したほど大きく差をつけられない――そう評価されて「お買い損な職業ランキング」にたびたび顔を出すほど不評であった。

「レイドでも活躍しているのに」

「いやあ。レイドの華は第一に魔法職の広範囲殲滅魔法、第二に物理戦闘職による特攻ですよ。どんなに支援職が活躍したとしても、そちらに目が向けられてしまいます」

「つまり支援職自体のアピールが、まだまだ足りないということか」

「そういうことですね。次のＰＲ用動画に入れてみますか？」

「……ふむ。彼の転職クエストやレイドの動画はまだ残っているかね？」

「はい。転職クエストのインスタンスエリアでの動画は全て保存してあります。なにせ貴重なクリア映像ですから。レイドも同様に保存されているので、編集は十分に可能です」

「本当に、一人でもクリアしてくれる人がいてよかったよ。あのクエストの製作には、かなり気合いが入っていた。もしお蔵入りしたら、担当クリエイターのモチベーションがダダ下がりだったはず」

「では支援系神官職は、正規ルートは現在の転職クエストに『学習補助スキル』を投入。その次の『⑥次職』へ上がる条件も緩和する。野良ルートの方は、上級職になった際のステータス強化・スキル強化を検討し『⑥次職』に上がる条件も緩和する。具体的な案ができ上がり次第、報告してくれ」

「転職クエストに関しては、これでいいか？　じゃあ次に『遊戯コンテンツの評価』に議題を移すとしよう」


「プレイヤーへのアンケート結果と遊戯コンテンツの利用状況をまとめましたので、こちらをご覧下さい」

トリムの街の解放以降、遊戯コンテンツである「渚ビーチ」の利用者は、とても順調に伸びていた。期待していた通りである。

海の家ショップでのアイテム販売数も同じく好調で、更なるコンテンツの追加、販売アイテムの種類の追加など、既に様々な要望が数多く寄せられていた。

「ユーザーの声はどうかね？　追加希望が多いコンテンツは、具体的にはどんな感じだ？」

「まず渚ビーチが非戦闘エリアであるという点に、高い評価がついています。攻略には関心が薄く、主なプレイ目的を生産や遊戯自体とするユーザーが利用し易い。リアルが忙しくてログイン時間があまり取れないユーザーが、気軽に利用できるといった理由からです」
アンケート結果をまとめると、実装希望が多い追加コンテンツは次のようになった。
・旅行先でしか体験できないような特別感のある風景や演出と催事。
・機材の準備が面倒で、気軽に挑戦し難いものを手軽に体験してみたい。
・リアルでは危険が伴うため一般人には実行できない冒険的スポーツへの挑戦。
・費用が高くてリアルで試すのは難しい娯楽や趣味。
このように、日頃から興味はあるが、現実では様々な理由で実現が難しい遊戯への要望が数多く出た。スポーツ関連の具体例をあげると、次のように多岐にわたっている。
［ウォータースポーツ］スキューバダイビング・水上スキー・パラセイリング・ウィンドサーフィン・ボート競技・カヌー・渓流下り
［スカイスポーツ］パラグライダー・バンジージャンプ・スカイダイビング
［ウィンタースポーツ］スキー・スノーボード・アイススケート・ボブスレー・ジャンプ競技・スノーモービル・犬ぞり
［その他のアウトドアスポーツ］乗馬・ライフル競技・ラジコン操作・ロッククライミング
「既に導入している『イルカと泳ぐ』についても、もっと触れ合う場所を増やしてほしいという声が上がっています。『釣り』に関しては、釣り場の追加・アイテムの拡充・非戦闘エリアで様々なスタイルの釣りを楽しみたい、といった意見が寄せられています。また渚ビーチに直

結した長期滞在用の宿泊施設の要望も出ています」

「ふーむ。多過ぎるな。本格的にレジャーを楽しむ目的なら、それに特化した別のＶＲゲームをすればいい。うちが目指すのは、あくまでライトユーザー向けのコンテンツだ。その観点からすると、現実味があるのはどれになるかね？」

「早く導入できそうなのは『乗馬』ですね。現在の仕様では、馬モンスターのテイムを条件に、牧場で【乗馬】スキルを取得するクエストを受けられます。その条件を緩和し、テイムしていないプレイヤーでも、レンタル乗馬ができるように拡張することが可能です。『イルカとの遊泳』についても、スキル取得に関係なく、触れ合い目的のコンテンツを増やすといった拡張が可能です」

「では、そのふたつは導入で」

「あとは何がいいかなぁ」

「うーん。『釣り』ですかね？　侵入不可エリアを解放する必要が出てきますが」

「ふむ。クワドラの沿岸で『船釣り』、魚人の集落近辺で『川釣り』。それなら何とかなるか？」

「調整にある程度時間はかかりますが、実行できると思います」

「個人的には『渓流下り』が楽しそうだと思うのだが、それは順次追ってだな」

「『渓流下り』ですか。もし作るなら、鉱山のあるハドック山から王都方面へ流れる川――まだ名称未設定ですが――の経路上なら設置できると思います。あの川はまだ手付かずですから。設置はだいぶ先になってしまいますけどね」

「第四陣の大型アップデートまでには間に合いそうか？」

「スケジュールを確認してみます。無理なら第五陣のときでも宜しいですか？」

「ああ。その方向で頼む」

「第三陣までの滑り出しは良好だが、第四陣で総プレイヤー数が概ね倍になる。ＭＡＰの拡張と、先行プレイヤーの移動は必須案件だ。その面ではどうかね？」

「ユーキダシュは、その受け入れのために大きく作りましたから。転職絡みのクエストを数多く設置したので、今のところ移動は順調に進んでいます」

「王都への移動はどうだ？」

「今のところ少ないです。予想していた通り、攻略組の一部のパーティが移動していますが、それ以外に大きな動きはありません。仕込んだイベントが始まれば、ある程度滞在時間を稼げると思います」

「そうだな。もうしばらく王都で足止めを食ってもらう必要がある。この調子でいってくれることを願おう」

§　§　§

《ピコン！》
ん？　なんだ？

《スキルを取得しました》

このタイミングでスキルの取得だって？　いったい何が来たんだろう？

・【J辞書1（聖）】ＩＮＴ＋５　ＭＮＤ＋５

　繰り返し読んだ書物（職業・職業クエストに関係するもの限定）を参照できる。付箋・検索機能・Ｍｙノート機能（キーボード、タッチパネル利用可能。校正機能付き）・プリント転写機能。

えっ！　えええ――っ！　なにこのスキル！

マジか。おぉ、マジだ！　ヤバイ。ヤバイぞ、ヤバ過ぎる。

そしてまさかのキーボード完備……半信半疑で呼び出してみたら、本当に出てきた。目の前にポンって軽快タッチの立派なキーボードが。これにはめっちゃ驚いた。レトロな雰囲気の図書室で、いきなり近代機器が登場だなんて。

このスキルはつまり、文書編集に特化したパソコンみたいなものか。気軽に文書の編集ができて、紙に転写も可能！　何度も直筆で書き直さなくてもいいとか、なんて、なんて素晴らしい！　まさに神の御業！

鬼畜とか言って悪かった。運営、ちゃんとユーザーのことを考えてくれているじゃないか。これで一気に片が付くよ。ふっふっふ。レポートなんて、もう怖くない！

新しいスキルのおかげで、課題がサクサク捗った。まだ全部終わったわけじゃないけど、少しだけ時間的な余裕ができた。そうなったら、行ってみたくなるよね。街の探索に。

忙しすぎたせいで、息抜きで外出するのは大神殿周辺の北区ばかりになっていた。でも、たまには南区へも足を伸ばしてみよう。

北大参道を真っ直ぐ南へ進むと、正面にこの街の中心に建つ旧王城まで見通せる。街を南北に分断する川に近づくにつれて旧王城の姿はどんどん大きくなってきた。そして今は川を挟んで目の前だ。大神殿は途轍もない大きさだけど、こうしてみると旧王城もかなり大きい。

川岸で胸壁に肘をつきながら、観光気分で城を見上げる。まるで西欧の童話に出てきそうな、瀟洒な尖塔と水色の屋根を持つ白亜の城。真っ白な壁と植栽の鮮やかな緑の対比が美しい。

川を通ってくる風が気持ちよくて、しばらくそこでのんびりしていたら。あれ？　なんか光ってる。この街で一番高いという尖塔の上の方が、ピカピカと光っているのに気づいた。

ピカピカ？　あそこだけ、まるで鏡にでも反射しているみたいだ。なんか変じゃないか？

細かいところまではよくわからない。尖塔の上部には、見晴らし台のようなバルコニーが設置されているように見えるけど……。

そこから手を振っている人がいる！　いったい誰？

顔は逆光で陰になっているし、高さもあるので判別ができない。ただ唯一、綺麗な金髪が陽光に煌めいているのだけがわかった。

《ピコン！》

メールだ。慌ててメールを開く。

《ユキムラさん、どうしてそんなところにいるんですか?》

うわっ！　東方騎士団のユリアさんからだ。えっ！　じゃあ、もしかして。あそこにいるのって、ユリアさん？　でもなんで旧王城に、それも内部にいるの？　旧王城エリアって、プレイヤーは立ち入り禁止だと思っていた。

《ユリアさん、お久しぶりです。俺は自由時間なので散歩中です》

《そうなの？　じゃあ、ちょうどよかった。今降りていくから、そこで待っていてもらってもいいですか?》

ちょうどよかったって何だろう？　なんかよくわからないけど、とりあえず待つか。

「連絡しようと思っていたの。転職関連で、アラウゴア大神殿への伝手を探していて、ユキムラさん、もしかしてって思ったから」

「神殿への伝手ですか？　俺は今のところ学生の身分なので、あまり特別なことはできないと思いますよ」

「たぶん学生でも大丈夫。神殿内のギャラリーを観覧したいだけだから。見たいものがそこにあるのに、関係者が同伴していないと入れてもらえないの」

それは知らなかった。言われてみれば、確かに大神殿内で部外者を見かけたことはない気がする。

「なるほど。じゃあ、早速行ってみますか?」

「でもお散歩中なのよね？　邪魔するのも悪いし、日を改めてでも構わないわよ？」

「大丈夫です。これといった目的があったわけじゃないので」

「本当に？　ありがとう。凄く助かっちゃう」

出てきたばかりだけど、大神殿にとんぼ返りすることを決めた。南区へは、また後で行けばいい。それよりも、占星術師――ユリアさんの現在の職業が、大神殿とどう繋がっているのか。今はそちらの方が気になった。

占星術師は謎が多く、神官職から派生する魔法職寄りの職業ということしか知られていない。唯一その職業に就いているユリアさんが、ほとんど情報を開示していないからだ。

古来、天の星々は、神々や人、あるいは国家の運勢と結びつけられ運用されてきた。古代文明においては「星について考える」ことは、神殿の司祭の重要な仕事のひとつだったとされている。ISAOのことだから、その辺りに着目して、職業デザインをしているのかもしれない。

ユリアさんを伴って北参道を歩きながら、後ろをチラッと振り返る。……だってさっきからいるんだもの。そして今もついてきている。

いったい何がいるのかって？　それは、白い騎士服に華麗な銀十字が輝く、ひと際目立つ男性ばかりの集団だ。尾行するにはあまりにも派手過ぎるから、すぐにその存在に気がついた。

最初は二、三人だったはず。でも大図書館を通り過ぎた辺りで人数が一気に増え、今はかなりの大所帯になっている。大神殿にはもうすぐ着いてしまうのに、どうすればいいかな？　ここはちょっと、ユリアさんに確認してみるか。

「えっと、観覧希望者は全部で何人ですか？」

「えっ？　私一人だけど。なぜ？」

　まさかあれに気づいていないの？　街中でめっちゃ浮いているのに？

「先ほどから、ユリアさんのクランメンバーらしき人たちが後ろにいるので、そうなのかと思って」

　ユリアさんが驚いた様子で後ろを振り返る。

「本当だ。ねえみんな、そこで何してるの？」

　いきなりあたふたし始める東方騎士団の人たち。

「……えっとそれはですね。そ、そうだ。これはユリアさん、奇遇ですね。我々はちょっとした休憩が終わって、騎士養成所に戻るところです」

「でも養成所とは、方向が逆じゃない？」

「そ、それは、街の様子を確認するために、わざと遠回りをしているからです。それに北三通りをグルッと回れば、養成所までは一本道ですから」

　北三通りは、北三区と北四区の間にある環状道路だから、南三区にある騎士養成所とは確かに繋がってはいる。でもまあ、かなり苦しい言い訳のような。

「おや。そこにいるのはユキムラ君じゃないですか」

　あらま。クランリーダーのグレンさんもいたのか。

「いやあ。君もこの街にいるとは知りませんでした。やはり転職関係ですか？」

「ええ。大神殿で勉強中です」

「このユーキダシュの街は、転職の街と言っても過言ではありませんからね。なるほど。勉強中ですか」

「勉強、勉強、勉強。本当にそんな感じよね。嫌になっちゃう。とてもゲームとは思えないわ」

「常に学びと共にあれ。騎士養成所でもそんな感じです」

「騎士になるための修養でも、座学が多いらしいですね」

「ええ。我々は攻略の合間によくこの街に来るので、またお会いするかもしれません。ところでお二人は、これからどちらに？」

「大神殿よ。ユキムラさんの助けを借りて、ギャラリーを観に行くの」

「ほう。それは面白そうですね。我々にも神官職は多いですが、大神殿内の美術館や宝物館は、神殿に就職している人の紹介がないと入れないと聞いています。なるほど。それでユキムラ君ですか」

神殿に就職？　確かに給料はもらっているけど、いつから就職してた？

「じゃあ、行ってきます」

「はい。戻ったら騎士団に連絡を下さいね」

騎士団の人たちと別れて、いよいよ大神殿へ。

いつも出入りしている通用口で、ユリアさんの来場者登録をする。用紙に簡単な記入をするだけで観覧許可が出て、すんなりと中へ入れてもらえた。そしてギャラリーへ。

　ギャラリーは収蔵品の種類ごとに何棟かに分かれている。どこが目的なんだろう？

「絵画やタペストリー、陶磁器や工芸品、聖具といろいろありますが、何をお探しですか？」

「その中だったら、たぶんタペストリーかな？」

「じゃあ、あっちの建物ですね」

　宝物館は別にあるから、ここの展示物は、比較的実用的なものか、宗教的に意味があるものが多い。俺もここには、課題をこなすために何回か足を運んでいる。でも占星術に関するものなんてあったかな？

「あった！　あれだわ！」

　入って間もなく、ユリアさんが嬉しそうな笑顔で、一点のタペストリーを指さした。横長で一畳くらいの大きさがある。展示物の中ではかなり小さい方だ。

　タペストリーには、幾何学的なデザインの放射状の円が並び、象形文字のような字がそれを縁取るように描かれている。その間を埋め尽くす動植物や人々の絵。遠くから見たら判別できないような沢山の細かい書き込み。

「これはいったい何ですか？」

「星座図とその解析チャートよ。ほら、これにも同じ模様や記号があるでしょ？」

　そう言ってユリアさんが取り出したのは、占星術師のシンボルともいえる天球儀だ。以前レイドで一緒になった折に見せてもらったことがある。

あれ？　でも。こんなだった？

「これ、以前とデザインが変わっていませんか？」

「気づいた？　これは、聖書と同じく成長するアイテムなの。でも育てるのがなかなか大変で、今はその材料集めの最中ってわけ」

「じゃあ、このタペストリーが、そのヒントに？」

「そう。おかげで助かったわ。お礼にいいことを教えてあげる」

「いや、こんなことでお礼なんて」

「遠慮深いのね。でも、聞いて損はしないわよ。ユキムラさんは、今はどんな風に職業スキルを使っているのかしら？」

「スキルですか？　それはＧＰを込めてから、スキル名を唱えて発動しています」

「そうだと思った。でもね。実はちょっとした工夫でスキルの効果を高める方法があるのよ」

マジですか？　そういうのだったら是非知りたい。

「それはどうすれば？」

「スキル名を唱える前に、言葉を加えるの」

「例えばどんな風に？」

「そうね。わかりやすく言えば、なりきりロールプレイかな。その役に嵌まって、詩的なセリフを紡げばいいの」

「詩的なセリフ……ですか」

「そう。ただ有効な文字数に縛りがあって、そこはちょっと工夫が必要かな。それに、あまりにセリフが長いと効果がキャンセルされてしまうから、ほどほどの長さがいいみたい。有効文字数については、神官職なら既に幾つか組み合わせがわかっているから、あとでメールでお知らせするわ。どんなセリフが有効かは、状況や職業、あるいはスキルによって成否判定が変わるみたいだから、自分でいろいろ試してみてね」

「はい。貴重な情報をありがとうございました」

「知っている人は知っている情報だから、貴重ってほどでもないのよ。こちらこそ、今日は本当にありがとう」

6　南の森林

「ユキムラ大司教、本日は誠におめでとう。これからも引き続き研鑽を積み、正道を邁進することを期待している」

「ありがとうございます。これまでの手厚い御指導・御鞭撻、ありがとうございました」

……終わった。やっと終わったんだ。そしてこんなものをもらった。

・【学位記・神学】ＩＮＴ＋20　ＭＮＤ＋20

「本学舎神学研究科の修士課程を修了したので修士（神学）の学位を授与する。

アラウゴア大神殿長　アラウゴア大神殿附属学舎学長　首座大司教　オーソン・ハウウェル」

※このアイテムにレベルはありません。装備枠を必要としません。

学位記だって。人生初だよ。こうして手渡しで授与されると、ゲームとはいえなんか感慨深い。そして今更だけど、ハウウェル様ってこんな名前だったんだね。

「ところで、貴殿は真っ直ぐジルトレまで戻られるおつもりかな？」

「はい、そのつもりです」

「それなら、南の森林を南東方向に抜けて行くと、かなり経路を短縮できるのだが、興味はあるかね？」

あれ？　なんか話の流れが新情報になっている。

「そんな道があるのですか？　初耳です」

「一般には公にされていない道だから、これまで耳にすることはなかったはずだ。あの森なら、それほど強い魔物も出ない。今の君なら一人でも全く問題ないだろう。通るのであれば地図を持って行くがいい。ただその道を利用するには、ひとつだけ条件が設けてある」

なんか来た。もしかしてクエストですか？

「条件とはなんでしょう？」

「それはだ。あの森には旧い『墓陵遺跡』があるのだが、それは知っているかね？」

墓陵遺跡？　ダンジョンじゃなくて？

「『墓陵遺跡』ではなく、似たような名前で『墓陵ダンジョン』という場所であれば、以前行ったことがあります」

「まあ、ほぼ同じものだ。『墓陵遺跡』の西側にダンジョン化している場所があり、冒険者に討伐依頼が出ている。そこが『墓陵ダンジョン』と呼ばれるところだ。だがそれは遺跡のほんの一角に過ぎない。実はその東側に、一般には侵入禁止となっている広い遺跡エリアがある」

ほう。

「それは存じませんでした」

「公開しておらんからな。そしてその侵入禁止エリアは、このアラウゴア大神殿が維持管理を請け負っている」

「維持管理とは、どのようなことを？」

「遺跡エリアの中央には広場があり、そこに小さな聖堂が建っている。その聖堂の内部にある聖櫃に『聖霊石』をはめ込んだ聖具が納められている」

聖櫃はわかる。でも。

「『聖霊石』とは？」

「その聖具は、周辺の穢れを祓い、霊を鎮める効果がある。だが動かすには、エネルギー源を必要とする。それが『聖霊石』だ。『聖霊石』は日毎に消耗するので、定期的に新しいものと交換しなければならない」

「なるほど、それで管理が必要なのですね」

「そういうことだ。効果が弱くなった旧い『聖霊石』と、我々が用意する新しいものを交換する。それが遺跡内を通行する条件だ。墓陵遺跡を抜けて南東へ進めば、ジルトレはもう目の前と言っていい。さて、どうするかね？」

《ピコン！》

《シークレットクエスト「古代墓陵遺跡にある聖霊石を交換せよ」が発生しました。

［達成報酬］

・【通行許可証（墓陵遺跡）】有効期間　ゲーム内時間で一年間。有効期間内に限り、墓陵遺跡の入口から出口まで、一瞬で移動することができる。許可証は装備しなくても保持していれば効果を発揮する。※譲渡・売却不可。

・【聖霊石（旧）】アクセサリ。神官系職業固有スキルの効果増強（小）。効果を持続するためには、定期的にGPを補充する必要がある。拡張スペースがある台座系アクセサリに収納可能（収納すれば装備枠を消費しない）。

※このクエストは、「受諾・拒否」を選択可能です。受諾した場合は、同様のクエストが今後繰り返し発生しますが、拒否した場合は必ずしも発生するとは限りません。

選択して下さい》

↓［受諾］

↓［拒否］

シークレットクエストか！

噂には聞いたことがあるけど、出会うのはこれが初めてだ。攻略には必ずしも必要のないクエストだと聞いている。だけど、お得な内容であることが多いらしい。

うん。これは受けてみよう。［受諾］

「おおっ。引き受けてくれるかね」

「はい。せっかくのお申し出ですので、お引き受け致します。それに、ジルトレへの移動が早くなるのも、大変魅力的ですから」

「そうか、では宜しく頼むよ。地図と新しい聖霊石は、出発までに用意しよう。旧くなった方の聖霊石は、こちらに戻さなくてもよい。個人で使う分にはまだ十分効果が残っているし、神力を込め続ければ長持ちするはずだ。交換後は貴殿に譲渡するので、そのまま持ち帰ってくれて構わない」

なるほど。達成報酬になっていたのは、そういうことね。

「ありがとうございます。ありがたく使わせて頂きます」

「うむ。クラウス殿への手紙も預けるので、彼にも宜しく伝えてくれ給え」

南の森林（始まりの街でいう北の森林にあたる）にやって来た。

森の中をしばらく進むと、いきなり視野が開けて「墓陵遺跡」が目の前に現れた。この感じは、インスタンスダンジョンっぽいな。確か南東方向に進めばいいはず。

〈MAP表示〉

この場所の地図を表示すると、地図上に矢印が出ていた。これが現在地で、俺が向いている方向を示しているみたいだ。

実はユーキダシュの街へ着いた初日に、いつものように冒険者ギルドで周辺地図を閲覧していたら、こんなスキルを入手した。

【方位磁石Ⅰ】現在地と方角がMAP上に表示される。

市街地地図・街周辺地図・ダンジョンマップなどをチェックし続けると取得できる。

※地図はその都度入手する必要があります。

ISAOの仕様は、ゲームとしてはかなり厳しい方だ。でも地道な努力には報いるというか、日頃のちょっとした努力が、不意のクエストの発生や、こういったスキルの入手に繋がっていくことが多い。逆に言えば、やたら運のいい人だけが手軽にチートスキルをGETして、いきなり無双するとかは絶対に起こらない。

強くなるには、ひとつずつ小さな実績を積み重ねていくことを推奨する。そういった姿勢を明確に打ち出している。そこが運営鬼畜とか言いながらも、俺がISAOを気に入っている理由のひとつでもある。

だって面白くないじゃん。

ゲームをやり始めたばかりの人が、たいした努力もしていないのに誰よりも強くなってしまったら。自分が時間も努力もつぎ込んだ成果が、運ひとつで全てひっくり返されてしまうなんて、幸運に依怙贔屓された当事者以外は白けてしまう。

おっと、広場が近い。あれが聖堂かな？　あまりモンスターが出ないから進むのが早い。

ここの聖櫃はかなり大型で、聖堂の壁に作り付けの飾り棚のように据えられていた。扉を開けると、淡い光を放つ目的の聖具がすぐに目に入った。

聖具の蓋を開け、中の「聖霊石」を取り出して新しいのを装塡する。

よしっ！　放つ光が強くなった。これでＯＫだ。

取り出した旧い「聖霊石」は、拳大くらいのサイズに縮小していた。それでも、装飾品に加工するにはまだ大きすぎる。でも確か、拡張スペースがある台座系のアクセサリに収納可能（収納すれば装備枠を消費しない）とあったはず。

拡張スペースがあるアクセサリって、これとか？

【慧惺のロケット（ペンダント）】ＩＮＴ＋20　ＡＧＩ＋10　耐久（破壊不可）

いやあ、無理だろ。いくら何でも、こんな小さなロケットに入るわけが……入った。簡単に入っちゃったよ。ゲームって凄い。

いや、既にアイテムボックスとか使っているけど、ビー玉でも無理そうな場所に、こんな大きな石が収まるのは意外過ぎた。入ってくれた方が嬉しいから構わないけどね。

さてと。用事は済んだし、ちゃっちゃとジルトレに帰るか。沢山の海の幸をお土産に持って。帰ったら調理をしまくりだ！

俺の考えが伝わったのか、パタパタと飛んでいたメレンゲが、目の前でなにやらアピールをし始めた。

何？　お菓子も沢山作ってね？　うん、いいよ。クリエイトのみんなにも頼まれているから、一緒にメレンゲのも作ればいい。

ユーキダシュでは勉強三昧だったから、次に来るのは、色妖精イベントみたいな単純なやつがいいな。久々に思いっきり体を動かしたい気分だ。

そうは言っても、どうなるかは職業クエスト次第。六祭礼は残りふたつ。順番からすると、次は「宵闇祭」になる。この祭礼はどこでやるのかな？　まだどこにもフラグっぽいものは立っていない気がする。

じゃあ休憩は終わり。出発するとしよう。

〈ＭＡＰ表示〉南東は……あっちか。

「よし！　行くぞ、メレンゲ」

街に着いたらログアウトしよう。そろそろ床屋に行かなきゃ。だいぶ前髪が伸びてきて鬱陶しくなってきている。バイト代が出たら、服でも買いに行こうかな。いや靴が先かもしれない。リアルもあまり疎かにはできないからね。

§　§　§

ジルトレに戻ってくるとホッとする。

やっぱりここがホームタウンなんだなって感じがするんだ。俺の場合、これからもずっと神殿に間借り生活の予定なので、個人住居を持つ予定はない。この大神殿で与えられた個室がホーム代わりだ。もうすっかり馴染んでいる。

エンジョイ勢では、遊べる街にホームを構える人が少なくないらしい。人気なのはウォータッド湖畔とトリムの街だそうだ。うん、わかる。イルカとビーチだね。

生産職組は、工房に店舗やホームスペースをつけるのが一般的なようで、徐々に所有している人が増えていると聞いている。

なんてことを考えながら、俺は片手間に「聖水」と「上級聖水」を大量生産している。周りには、瓶詰め係の少年NPCがワラワラと集まって立ち働いている。彼らはNPCの神官候補生という立場らしくて、工房の作業をよく手伝ってくれる。いつの間にか新顔も増えたようだ。

新顔といえば、俺の留守中に、このウォータッド大神殿にも新顔のプレイヤーが増えていた。

ここジルトレは、北にエルフの里、南にドワーフの集落と魚人の集落、東に獣人の集落があり、その辺りを行き交う人々の拠点となっている。

第二陣以降、始まりの街の神殿をすっ飛ばして、いきなりこの大神殿に来ようとするプレイヤーが増えたが、第三陣以降は特にそれが顕著みたいだ。

ゲーム配信開始時よりも、武器や防具、アクセサリが市場に出回っていて、性能も良くなっている。だから、初心者でもGを集めさえすれば、装備品でステータスをかなり嵩上げできる。後発プレイヤーならではの役得だ。

　そのうち、最初からユーキダシュに直行する新米神官とかも出てくるのかな？　いや、あそこはNPCによる紹介状が必要だった。ならやっぱり無理か。新人プレイヤーが集まるのは、やっぱりジルトレかもしれない。

「おっ？　あんた見ない顔だな。新入りじゃなさそうだが」

　そんなことを考えていたら、早速プレイヤーの人が話しかけてきた。NPCじゃなくてプレイヤーだよ。神殿内でのこんなシチュエーションは、かなり久しぶりだ。

「俺は先週から、ここに世話になっているエリュシオンという者だ。これからよろしく。気軽にエリーと呼んでくれ」

「初めまして。ユキムラです。俺もそのまま呼び捨てで呼んで下さい。ユーキダシュから戻って来たばかりの出戻りですが、こちらこそ宜しくお願いします」

「出戻り？　ああ！　あんたが、ここの『神殿長』様なのか。PVと違って派手な服を着ていないからわからなかったよ。第一陣だよな？　俺は第二陣で、始まりの街から移ってきた。中級職で『神官兵』というのになったら、ここへの異動を勧められたから」

　神官兵？　エリーはガタイがいいから見た目にはぴったりだと思うけど、どうやったらそのルートが開くのだろう？　それとPVってなに？

「それは珍しい職業ですね。プレイヤーの方では初めてお会いしました」

「珍しさはユキムラ同様な。ところでその服いいな。デザインがシンプルなのに格好いい。プレイヤーメイドか？　もしよければ、どこで買えるか教えてもらえないか？」

「これは、知り合いの裁縫師（さいほうし）――正確には裁縫教士だったかな？　の人に作ってもらったものです。その人は今はちょっと街を離れていますが、ここをホームタウンにしているので、そのうち戻ってくると思います」

「戻ったら、注文を頼めるか聞いてもらってもいいか？　俺さ、始まりの街でずっと神殿に住んでいて、更（さら）にソロプレイをしていたから、知り合いが少ないんだわ」

つまり、俺と似たようなゲーム生活をしていたってことになる。……ということは、神官兵って正規ルートに近い職業なのかな？

「凄くよくわかります。俺も同じような状況でしたから。注文を受けられる状態かどうか、メールで聞いておきますね」

「無理そうなら断ってくれて構わないから、宜しく頼むわ。それにしても、聖水を作るペースが凄（すさ）まじいな。聖水をまとめて作れるのを初めて知ったよ。さすが大司教様ってところか」

「慣れると便利ですよ。瓶詰めは彼らがやってくれるから、時間を短縮できるので」

「いや、俺はかなりSTR・VITに偏（かたよ）ったビルドをしていて、MNDはそれ程高くない。水汲（みずく）みと武術教練ばかりやっていたからな。あと夜警もやったか。だが写経（しゃきょう）や朗読は最低限しかしていない」

「じゃあもしかして『井戸妖精の加護』持ちですか？」

「おうよ。あれは多分カンストまで行ったぜ。『井戸妖精の眷顧（けんこ）』ってやつで、VIT＋20、MND＋20だ。司祭になっても続けたかいがあった」

「それは凄い。俺の倍もあるじゃないですか。そこまでいくのに、いったいどれだけ水汲みをしました？」

「そりゃもう、神殿の水瓶は乾く間がないってくらい、いつも満タンにしていた」

「+20がカンストなら、俺もまた水汲みしようかな」

「やるなら夜中にこっそりとだ。司祭以上が昼間水汲み作業をしていると、焦ったようにNPCに止められるぜ。俺ですらそうだ。神殿長様がやっていたら、彼ら卒倒するんじゃないか？」

「それはいいことを聞きました。夜中にこっそりすることにします。良い情報をありがとうございます」

「いや、俺も服のことを教えてもらったからお互い様だよ。あと、もっと砕けた口調で全然構わない。見たまんまなら、俺の方が歳はいっているが、年齢は気にしないでくれ」

「ありがとう。じゃあ、今からそうさせてもらおうかな」

見た目は強面系だけど、気さくで話しやすい。いい人と知り合えてよかった。

今日は施療院で勤務にあたる。給料をもらっているから、感覚的には奉仕活動というよりも勤務に近い。神殿に就職しているらしいしね。ここのところ、そのスケジュールが目白押しに詰まっている。一方で、クエストが進む気配はまだ少しもない。

クラウスさんが、施療の予定をバンバン組んでくるってことは、奉仕量が全然足りなくて、次のクエストの発生条件を満たしていないのかもしれない——そう考えている。

俺のＮＰＣ好感度は、おそらくかなり高いはず。だから指示通りに動いていれば、望むルートに自然と導かれていくと思う。

攻略サイトの情報によれば、ＮＰＣ好感度が上がると、ルート情報を漏らしたり、誘導したり、その場でとるべき適切な行動を指示してくれたりするようになる。俺の体感的にもこれは合っていると思うので、日頃からＮＰＣの要望にはなるべく応えるようにしている。

ここウォータッド大神殿の施療院は、さすがにユーキダシュ程ではないが、それなりに規模が大きい。施療室も何部屋かある。この大施療室では、腰痛・膝痛・肩凝りなど、軽症の筋骨関節系にトラブルがある患者を集めて、一斉に治療している。

今も室内は、ＮＰＣの老爺・老婆でいっぱいになっていた。

「皆様、これから施療を始めます。最初に黙祷をお願い致します。目を閉じ、心を鎮め、神の前で心を開きましょう」

「黙祷」

みんな素直に目を閉じて、室内は穏やかな静寂に包まれた。

「お顔をお上げ下さい。ではこれから、施療の光が皆様に降り注ぎます。皆様はそれぞれ、ご自分の痛いところ、お困りの部位に意識を集中して下さい」

ここでちょっと間を置く。患者さんたちの準備待ちだ。そろそろいいかな？

「【疾病治療】快癒の光！」

温かみのある白い光が部屋を満たしていく。癒しに十分なＧＰを消費（ＨＰバーならぬ治療バーが表示されるので、それを参照しながら加減している）した後、俺が祈禱の言葉を続けている間に、白い光は患者さんたちに吸い込まれるようにして消えていった。

その様子を観察しながら、またちょっと間を置く。

「皆様、これで本日の施療は終わりです。次の方々のために、部屋の移動をお願い致します」

みんな、治療が終わったのにまだ拝んでいる。俺がそのまま穏やかに微笑んでいると、やっぱりまだ拝んでいる。……もしもし？　もう終わりですよ。いつまで拝んでいるのかな？

ちょっと困り始めた時、係のＮＰＣ神官さんが、患者さんたちを入れ替えてくれた。しぶしぶ立ち上がり、部屋から出ていく爺と婆。部屋の出入り口で、こちらに身体を向けてまた拝む。そうしている内に、次のグループが部屋に入ってきた。

ひらすらこの繰り返しだ。

別の部屋には、感冒や急性胃腸炎などの感染症患者が集められているので、そこでは「滅魔の光」を使い、次に慢性の内臓疾患患者の部屋を回って「平癒の光」を使用する。この間に急患が来たら、別途受け付けることになっている。

しばらく留守にしていたせいか、やけに忙しい。俺がいない間は、ＮＰＣ神官が施療しているはずなのに。まあいいか。この辺りの仕組みは考えてもわからない。きっとクエストの一環だろうから。

月明かりの下、ザブンザブンと水音が響く。

よし、もういっちょ。ふぅ。これで桶はいっぱいになった。いったい何をしているのかって？　もちろん水汲みだよ。

エリーに井戸妖精の加護の上限を教えてもらったから、ＮＰＣの就寝中に（夜警当番の隙を狙って）早速行動だ！

俺の現在の井戸妖精の加護は「友愛」。その上が「親愛」で、更にその上が上限である「眷顧」になる。

「眷顧」までいけば、今よりＶＩＴ＋10　ＭＮＤ＋10。ＨＰは20も上がる。ついでに【筋力増強】のレベルが上がれば、ＳＴＲも上がる。ＳＴＲとＶＩＴが上がりにくいビルドの俺からしてみれば、神殿業務で上がるものなら上げておきたい。

ステータスは上げたい。でも、無闇やたらに上げればいいってわけでもない。神殿業務や転職クエストに関係がないスキルは、あえて積極的には鍛えていない。本業に無関係なスキルのレベルを上げ過ぎると、ビルドが変わってしまい、転職ルートに影響が出てくる可能性があるからだ。

ここまで来て正規ルートを逸れるのは、あまりに悲し過ぎる。だから、そこはかなり気をつけるようにしている。

ＳＴＲ、ＶＩＴ寄りだと言っていたエリーは、どんなＪスキルを持っているのかな？　ちょっと気になるよね。機会があったら、マナー違反にならない程度に聞いてみたい。

えっちらおっちら運んできた水を水瓶に注ぎ、空の桶を持ってまた井戸に戻る。水を汲むのは久々だけど、身体が覚えているみたいで、既にかなりペースが上がっている。夜空を見上げれば、綺麗な月が出ていた。

〈夜も更けて　桶に映るは　笑う月〉いい感じ。もう一句。

〈ひとりきり　いつものことで　慣れちゃった〉ちょっとこれはないな。

〈雑用も　ゲームと思えば　面白い〉面白くは……いや、これは加護が目的だから。

……いけない。最近文字数を数えながら文言を唱える練習をしていたから、ついついそれが出ちゃった。ユリアさんに教わったスキル効果アップ方法を実践する前に、加えるのに相応しい言葉を、調べたり考えたりしている。

そういえば、ユーキダシュの図書室でも妖精の加護をもらっている。

【図書妖精の親愛】ＩＮＴ＋15　ＭＮＤ＋15

これも「注目」から始まって「親愛」まで上がっている。学位証をもらうのに、いかに苦労したかということの表れだ。おそらくあるんだろうな「眷顧」も。

でも、ああいう缶詰作業は当分勘弁してほしい。それに次の転職クエストがいつ来るかわからないし、来たら来たで、それが似たようなクエストになる可能性もある。だからしばらくは、様子見と行こう。

7　掲示板⑤

【ISAO広報室】公式PVについて話そう【Part7】

1. 名無し

The indomitable spirit of adventure online（ISAO）の
公式PVについて語るスレです
特定プレイヤーへの粘着・誹謗中傷禁止
次スレは **>>950**

前スレ【ISAO広報室】公式PVについて話そう【Part6】
http：／／＊＊＊＊＊＊＊＊＊＊＊＊＊＊＊＊

124. 名無し

みんなもう見たか?

125. 名無し

俺は録画リピートして三種類全制覇

126. 名無し

今度のはスゲェ気合いが入っている感じだったな

127. 名無し

あの中で一番人気はどれになる?

128. 名無し

俺的には「レイドクエスト総集編PV」がイチ押し

129. 名無し

確かにあれは迫力があった
運営ならではの俯瞰撮影とズームアップが映画みたいで
編集センスがあるって思った

130. 名無し

前衛戦闘職だけじゃなくて
後方部隊や両翼の牽制部隊もバランスよく映っていたのがいい

131. 名無し

戦闘中は自分のことで精一杯で
他の部隊が何をしているのかイマイチよく分からなかったけど
今回のPVでよく理解した
みんな支えてくれてありがとう!

132. 名無し

生産をナメプしている新米戦闘職がこれで減ると嬉しいな

133. 名無し

>>132
最近そういうのが多くて
装備品の有難さもわからず、しつこく値切ってくる連中がね
そんな捨て値で売れるわけがないのに

134. 名無し

もっとレベルを上げてから来いって言いたくなった
装備更新は最低でもレベル20まで上げてからだと思う

135. 名無し

始めて三日で次の街へ移動したがるのは
いくら何でも焦り過ぎだな

136. 名無し

ポーション類の市場も同じ状況
まとめて6本買うから半額にしろとかぬかしやがる
簡単な計算すらできないのか?

137. 名無し

俺たちプレイヤーに対しては、あれでもまだましな態度らしいぞ
NPCショップでは我が儘放題言っているらしい

138. 名無し

それはご愁傷様だなw　情報サイトを見てないのか?
好感度を丸無視なんて無謀なのに

139. 名無し

さあ?　少なくともその重要性はわかってなさそう
リアルでもKYなんじゃないの?

140. 名無し

ざまぁ
奴らの転職ルートは壊滅決定

141. 名無し

それは間違いないwww

166. 名無し

酷くない?
最近そういうのが続いて嫌になる

167. 名無し

>>166
なんだそりゃ?　ヒーラーを無料回復装置扱い?
今の野良パーティってそんな最悪なのか

168. 名無し

支援職を誘ってパーティを組んだ以上
分け前は最低限でも均等割りにするべき
獲物は狩った人のものという主張はおかしい

169. 名無し

もう絶対野良パーティには参加しない
ただでさえ支援職は育成が大変なのに
搾取されちゃ堪らないもの

170. 名無し

>>169　だからか
このところ野良で募集しても支援職が全然こない
応募版にも影も形もない
そのせいで戦闘系神官が引っ張りだこだ

171. 名無し

>>170
最近やけに声がかかるとおもったらそのせいか
でも搾取前提じゃ嫌だな
やっぱりフレと行くのが無難かな

172. 名無し

せっかく「神殿の人」のおかげで支援職が増えたのに
もしかして全部パーなの?

173. 名無し

>>172
「転職クエスト総集編PV」は見事だったからな
「神殿の人」が出演しているムービーはひと際秀逸だった
華燭祭や蛘蝣祭は非公開インスタンスの映像だろ?
裏でこんな光のイリュージョンをやっていたのかと感心したわ

174. 名無し

碧風祭は進水式まで映っていたぞ
あれ見逃していたから嬉しかったわ
噂通りすげえ迫力だったから、またあるなら直に観に行くつもり

175. 名無し

「神殿の人」の出演シーンは観光PVみたいだったね
どのシーンも幻想的でキラキラ煌めいていて
「そうだ　神殿、行こう」ってナレーションが聞こえてきそう

176. 名無し

俺は修道院の合唱に一票
歌姫と天使の歌声のコラボレーションには癒やされた

177. 名無し

>>176
子供たちがマジで可愛いと思った
修道院に行けばあの子たちに会えるの?

178. 名無し

>>177　NPCでもお触りは厳禁だからなw
確かに姫の歌は上手かった
まさかリアルスキルじゃないよな?
歌唱スキルであれならエンジョイ勢が欲しがるかもしれん

179. 名無し

エンジョイ勢自体もかなり増えたぞ
イルカ湖はインスタンスなのに一時は行列ができていた
拡張されて選べるコースが増えてからは落ち着いたけど

180. 名無し

渚ビーチもサーフィン族多過ぎ
天気が悪いとリアルサーファーたちがイメトレをしに来る

181. 名無し

>>180
あいつら初心者を指導して稼いでやがる
白い歯キラリンさせて、やたら爽やかな笑顔で勧誘しまくっている

182. 名無し

レンタル馬場ができて乗馬族も一気に増えたよ
初心者向けから障害競技場まで施設はかなり充実した
女子の割合が多いせいか洒落た乗馬服を売るブティックもできた
そこではプレイヤーメイドの商品の委託販売も行っている

183. 名無し

>>182　それは一度行ってみたい

184. 名無し

>>182　女子が多いなら行こうかな

185. 名無し

そのうち馬だけじゃなくて飛竜とかにも乗れるようになるといいな

186. 名無し

なるんじゃね？　竜騎士とかありそう
どんなルートでなれるのかは皆目分からんが

187. 名無し

さすがに空の乗り物は、あってもまだまだ先じゃね？

256. 名無し

「街イベント総集編PV」はどうよ?

257. 名無し

なんかみんな初々しくて既に懐かしい感じがしたな
今見ると最初の二回はお使いクエストみたいなものだった

258. 名無し

俺氏バッチリ映ってたよ
若かったなあの頃はって感慨深かった

259. 名無し

第一回は、もろにスタンプラリーだったしな
オリエンテーションのつもりだろうけど
いろんなショップや施設を回らされた
あれで弟子入り先を見つけた生産職も多かったから
いいクエストだったとは思う

260. 名無し

第二回の下水道クエストは結構稼げたのを思い出した
鼠退治は微妙だったが景品がポーション類っていうのがよかった
あれでダンジョン攻略が一気に進んだんだよ

261. 名無し

ああいうアイテム交換系のクエストをまたやればいいのに
そうすればさっき言っていた神官搾取みたいなのも減るだろ?

262. 名無し

でもアイテムで回復がまかなえたら
新米神官はパーティから確実にハブられる
そうなるとベータの再現だ

263. 名無し

>>262　それをすっかり忘れてたわ

264. 名無し

搾取かハブリの二択なんて支援職はどれだけ不遇なんだよ

265. 名無し

第三陣が来て一時は支援職がそこそこ増えたのにな

266. 名無し

俺と一緒の時期に始めた支援系神官職の連中は
リセットが何人かで残りは戦闘系にビルドチェンジした
まともな固定パーティを組めた運のいい奴らだけが支援職のままだな

267. 名無し

最初は固定パーティを組んでいても
神殿や修道院で奉仕するために抜けちゃう支援職もいる
出てくるのを待っているとはっきり告げたが
これだけ売り手市場だと厳しいかな?

268. 名無し

>>267　出所かよ
そいつに変なことをしてなきゃ戻ってくるだろう
心配ならマメに連絡入れておけよ
その時に狩りの話は禁止な
相手は狩りに行くのを我慢して奉仕中なわけだから

8　常闇ダンジョン

ジルトレに戻ってから、かなりの時間が経った。

あまりにも次のクエストの先触れがなくて、ルートが変わってしまったのかと不安になったこともあった。

でも、ＮＰＣからの神殿業務の依頼は途切れることはなかったし、新しい仕事も増えている。やっぱりこれで正しいのかなって、ちょっと自信が戻ってきて、その後も黙々と勤務を続けたところ。

とうとう来ました。転職クエスト「宵闇祭」です。

「宵闇祭」の開催場所は神殿になる。でもそれが普通の神殿じゃなかった。

以前、レベル上げに行ったことのある「常闇ダンジョン」――鉱山ダンジョンがあるハドック山中にある、アンデッドだらけのもうひとつのダンジョン――の最深部・地下二十一階。

まずそこへ一人で行かなければならない。

地下二十一階はいわゆるボス部屋だ。そこには、ダンジョンのラスボスである「ドラウグル」が待ち構えている。そいつを倒してからが、メインイベントの始まりになる。

「ドラウグル」を倒した後の手順は、次のようになっている。

・祭壇の奥にある装飾壁に、自ら作成した「聖霊石」を嵌め込む。

・「資格あり」と認められると、隠し通路への入口が現れる。※「聖霊石」は、自ら作製したものに限る。

・隠し通路は、南へ向かう一本道で分岐はない。定められた聖句を唱えながら、通路をひたすら直進し、たどり着いた行き止まりに、目的地である「常闇神殿」がある。

今回の転職クエストのキーアイテムは、自作でないと資格を認めてもらえない「聖霊石」だ。

さっき言った新しい仕事というのが、その「聖霊石」を作ることだった。

「聖霊石作製」。これがかなり時間を食う。

必要な材料は、鉱山ダンジョンの特殊エリアで採取できる「白宝珠」だ。「白宝珠」は宝石の一種で、赤・青・緑・黄・黒・白の六色ある「色宝珠」のひとつ。「色宝珠」は、その色が示す属性と相性が良く、素材として使用できる。

しかし、そのままでは脆くて加工には向かない。属性付与を繰り返して強化すると、ステータス付与ができる宝飾品として装飾に使用可能になる。実際に購入しようとすると、流通量が少ないこともあり、かなり値が張るそうだ。

今回の転職クエストは、この「白宝珠」を自ら掘りに行くところから始まる。昼間は他の仕事で忙しいので、あえてゲーム内では夜の時間帯に鉱山へ向かうことにした。

「こんばんは。色宝珠を採掘できる坑道に入りたいのですが」

「おや。こんな夜更けに誰かと思ったら神官様か。許可証は持っているかね？」

「はい。ここにあります」

ウォータッド大神殿発行の特別入坑許可証を、守衛の厳ついドワーフに提示する。このクエスト用に臨時に発行されたもので、これがないと坑道に入れてもらえない。というのも「色宝珠」は、一般プレイヤーが利用するトラップだらけの危険な坑道ではなく、本来はドワーフしか入れない特殊な坑道の一画でしか採れないからだ。

「ふむ。向かって一番左端の坑道に入るといい。気長にやれば素人でも宝珠が採れるはずだ」

「やはりそう簡単には出ませんか？」

「スキルがないとなかなか出ないかもな。でも全く出ないわけでもない。まあ、結局は運だよ」

「わかりました。焦らずに頑張ろうと思います」


カンカン・コンコンと、採掘ポイントでひたすらロック・ハンマーを振るう。

「やっぱり、そう都合よくはいかないか」

守衛が言っていた通り、これは長丁場になりそうな予感。

以前クリエイトのみんなと一緒に採掘に行ったことがあるが、スキルはまだ手に入れていなかった。そのせいか、出てくるのは唯の石、それか何かの鉱石ばかりだ。

採掘は初めてではないといっても、一人のせいか、作業はそれなりにしんどく感じる。それでも、時々小休憩をとりながら辛抱強く掘り続けた。すると、ゲーム内時間で六時間ほど過ぎた頃に、待ち望んだ【採掘Ⅰ】が生えてきた。

「よしっ！　スキルが来た！」

スキルが生えてきた途端、最初の色宝珠がドロップする。あるのとないのじゃ大違いというわけか。色は赤。ちょっと残念だ。でも出てくるなら頑張れる。

コンコン・カンカン・コンコン・カンカン。スキルの影響か、ハンマーの立てる音も以前より軽快に聞こえる。そのままリズミカルに掘り続けると、立て続けに幾つも宝珠がドロップし始めた。いい調子、運が向いてきたかも。これなら今日中に集まるかもしれない。

そして、白宝珠をめでたく三個入手したところで、街へ戻ってログアウト。予備を含めて、これだけあれば大丈夫だろう。

……さすがにもう疲れたよ。

その日の夜に再びログインして、クラウスさんから「聖霊石」の作製指導を受けた。前から思っていたけど、なんでもできるなこの人。クラウスさんのような教官NPCは、生産職でいう師匠的立場にあたる。職業関係の訓練やイベントで、プレイヤーに様々な手ほどきをしてくれる、大変ありがたい存在だ。

「聖霊石」の作り方は、やってみると割と単純だった。白宝珠を上級聖水に浸しながら、〈聖霊の歌〉→【祈禱】→【浄化】「聖属性付与」をひたすら繰り返すだけ。

不透明な白宝珠が乳白色に変化し、更に全体に澄んできて中心に星芒が出たらでき上がり。

……なんだけど、相当繰り返す必要があるらしくて、なかなか変化が進まない。

最初の頃は、一人で歌を歌っているのを見られるのが恥ずかしくて、個室で作業していた。でもあまりにも変化がゆっくりなので、次第になり振り構わず、空き時間にはいつでもやるようになった。その涙ぐましい努力の結晶として、俺の「聖霊石」ができ上がったわけだ。

同時進行で「宵闇祭」で行う儀式についても指導を受けていたが、既にその学習は終わっている。いよいよ出発だ。


週末の、確実に長い時間プレイできる日を選んでログイン。

「常闇ダンジョン」まではもう慣れたもので、黒い亀を狩りながらサクサク進んだ。そしてダンジョン内でも、今の俺なら全て雑魚。そう言ってもいいほど相手にならない。だからあっという間に、最深部に着いてしまう。

ダンジョンボスの部屋は、常闇というイメージを大きく裏切る、美しくも真っ白な空間だった。ドーム状の高い天井、無数の精巧な彫刻で埋め尽くされた、柔らかな質感の内壁。ただ一点、その中央に佇む染みのように黒い存在がなければ、思わず見とれてしまったに違いない。

ダンジョンボス「ドラウグル」。鬼火のような青い炎を眼窩に灯す、黒くおぞましい怪物。

怪物の頭部は、よく見れば銀色の髑髏のようにも見える。ぽっかりと空いた眼窩に、剝き出しの歯。でも、頰当てとT字型の鼻当てがついた兜を被っていて、目と口元以外の顔の大部分が隠れてしまっている。

手足や身体にも、骨のようにも鎧のようにも見える防具を身に着け、兜や防具の各所から、捩くれた歪な角が生えていた。そして手には、円形の大きな盾と、幅広の刃がついた大剣。

一見すると、かなり強そうではある。どんなものかな？

「よくぞここまでたどり着いた。我が眷属を倒し、道を切り開いてきたことは賞賛に値する」

怪物から、少しこもったような男性の声が響いた。あれ？　喋った。

これまで倒してきたアンデッドたちは、ことごとく無口だった。というか、基本的に喋らない。ひとつ前の部屋にいたヴァンパイアでさえ、見かけは人間そのものなのに、凄くクールな寡黙キャラで、ほとんど喋らなかったのに。

「しかーし。命知らずとは、貴様のような奴を指す。なぜなら、不死者の王、常闇の支配者であるこの私に、無謀にも挑もうというのだから。正気かね？　恐怖のあまり声も出ないか。まあ、引き返そうとしても、今更遅い。だが心配しなくてもよい。貴様の命は、この私が有意義に使ってやろう。どうだ？　怖いか？　怖いだろう？　はぁっはっはっ。己の運命を嘆き、そして喜ぶがよい。微小とはいえこの私の役に立てるのだ。嬉しいだ……へぼぶっ！　き、貴様、何を……ぐぎゃぁぁぁぁ――っ！　やめろ、今すぐそれをやめるんだ！」

いや。やめないから。

話を聞いてあげようかな、なんて思ったのが間違いだった。いったいいつまで喋っているのか。あまりにも口上が長いから、思わず近づいて棒で殴っちゃった。そして反撃されるのは嫌だから、すかさず【結界】聖籠と【浄化】悪霊昇華をぶっ放した。

でもさすがにダンジョンボスで、一発ずつじゃ倒すのは到底無理。そうだな。ヴァンパイアより強いのは確実だろうから、ＧＰてんこ盛りでこのくらいでどう？

「【浄化】悪霊昇華」

「ぐぉぉぉぉっ！」

「【浄化】悪霊昇華」

「ぐはぁぁぁっ！」

「【浄化】悪霊昇華」

「ぐほぉぉぉぉ！」

しぶとい。いい加減、そろそろお終いにしたい。……じゃあ試しにアレをやってみるか。以前ユリアさんから聞いた、スキル効果アップ方法。その最大のやつ。七文字四句のクアドラプルセブン、もしくはエンジェルナンバーの組み合わせ。ロールプレイ風に、ちょっと格好つけながらやると判定が上がる。予め考えておいた文言を引用してスキルを唱え始めた。

「歪曲された　不死者の王よ　怠惰な生に　天の裁きを！　【浄化】悪霊昇華！」

「ぐぎゃんぐぎゃんぐぎゃん！」

あれ？　めっちゃ効いてる？　文字数縛りの決めゼリフを、スキルと一緒に使うといいよとは言われていたけど、予想以上の効果がありそうだ。

それが止めの一発となって「ドラウグル」は間もなく浄化され霧と化していった。

《ダンジョンボス「ドラウグル」を討伐しました。討伐報酬は以下の通りです。報酬は全てパーティ報酬です。パーティリーダーのアイテムボックスに直接ドロップします》

［討伐報酬］

・30万G・ドラウグルの魔石（大）×1・（中）×2・（小）×3
・ドラウグルの牙（大）×2・（小）×4・ドラウグルの爪×12
・流星の剣・流星の籠手・流星の脚甲
・加重の盾・加重の鎧・加重の兜

パーティ報酬としてこれだけもらった。でもさ、こういう報酬の出し方をすると、分け方とかで喧嘩になるんじゃないのかな？　俺には関係ないけど、ついそんな心配をしてしまった。

おっと。今はそれどころじゃない。ドロップ品の確認は後回しだ。肝心の祭壇の奥の装飾壁は……あれか。

奥の壁は一面、神話的なモチーフを扱った真っ白な漆喰彫刻で飾られていた。美しい女性たちや不思議な動物たち、花弁の一枚一枚が自然なカーブを描く花々。ひとつとして同じものが見当たらない、息をのむような造形。ゆっくり眺める時間がないのが、とても惜しい。

行けばわかるって言われたけど、どこに嵌め込めばいい？

凹み凹み……どこかに丸い凹みは……おっと。意外と下の方にあった。俺の身長だと探しにくい高さで、臍くらいの位置だ。

ちょっと緊張するな。ここまで来て割れたりとかしないでくれよ。そんなの泣くぞ。見つけた凹みに、思い切って「聖霊石」をグッと押し込む。ちょっと抵抗があるけど、もう一押しとばかりに、更に力を込める。

パチンッ！　高い音が鳴り、上手く嵌まったような手応えがあった。

これでいいのかな？

……動いた。大丈夫みたいだ。ふぅ。途端に緊張が緩む。

「聖霊石」を嵌め込んだ凹みの周囲の壁が、扉一枚分くらいの大きさに切り取られ、奥側にゆっくりと退いていく。そのあとには、人が一人通れるくらいの通路ができ上がっていた。

壁の動きが停止すると、床には下へ続く階段の入口が現れた。ここに入るわけね。

よし！　行くぞ。

階段を降りると、そこは洞窟のような狭い場所で、南へ延びる一本の通路があるだけだった。

定められた聖句を唱えながら、暗い通路をドンドン先へ進む。

モンスターは出てこない。

通路際には、ところどころに夜光花が咲いていて、ぼんやりと淡い光を放っていた。

既に相当な距離を歩いたと思う。

延々と続いた通路がようやく終わり、真っ暗な空間に出た。【暗視】があるから何とか認識できる暗さだ。

「常闇神殿」というから、てっきり洞窟の中に神殿の建物があるのかと思っていた。でもどうやら違ったようで、ここがいきなり聖堂になっているようだ。ここまで歩いてきた通路が参道になるのかな？　あるいはあの通路も神殿の一部だったのかもしれない。

……じゃあ、あれがきっと祭壇だ。

祭壇に向かって一礼し、足元に気をつけながら静かに近づいていく。そして祭壇の前までやって来た。では、始めるとしますか。

まずは開祭の合図である「祝祭の祈り」だ。

ここでの儀式の流れは、普段の礼拝式よりも、進水式で行った祭事に近い。「祝祭の祈り」を唱えながら、用意してきた聖水を祭壇とその周囲に散布する。すると、祭壇が清められてぼんやりと光りだした。

それから、シンプルな燭台を三対取り出し、三台ずつ左右に横一列に並べ、更にその中央に別のやや大きめの一台を据える。合計七台。練習通りの位置に置けたはず。うん、大丈夫そう。

続いて点灯。持ってきた火種で、両端から中央に向かいながら交互に火を灯していき、最後に中央に点灯する。全ての灯りがつき、柔らかな光が静謐な空間を照らしている。

祭壇に一礼し「聖霊の祈り」を捧げる。

続いて賛美「宵闇の聖歌」。夜のもたらす安寧と静寂に感謝を捧げ、変わらぬ日々を願う。

聖歌を歌っていると、辺りに俺以外の何ものかの気配がし始めた。「異質な気配」は次第に増え、尋常でない数の人ならざるものが、背後にひしめいているのがわかる。ぶっちゃけ結

構怖い。この感じ、なんていったらいいのかな？　もしこれが肝試しなら、大慌てで逃げ出していたかもしれない。

……でも俺は、振り返りたい気持ちをグッとこらえ、そのまま聖歌を歌い続けた。もし何かが現れたとしても、いないように振る舞えと言われていたからだ。

続いて「聖句」を唱える。

神は真の闇を恐れる人々に月を与え、迷う人々を憐れんで星を与えた。そんな内容の聖句になる。そして賛美「天地回帰」。

〈神の深き慈愛と恩寵に　我ら一同　感謝を捧げよう
この夜に　この人生に　そしてまだ見ない来世の到来に
心より感謝を捧げ喜び祝う
ああ神よ　偉大なる神々よ
神々の祝福は　あまねく天地に降り注がれ　全てを潤し満たすだろう
なんとこの世は希望に満ちているのだろうか〉

……唱和が聞こえる。

俺の歌に重なって、水琴窟のような澄んだ音・小笛のような高い音・槌音のような金属音や山鳴りのような轟き。そういった高低様々な音色が、交わりあっては遠ざかり、不可思議な共鳴音を紡ぎ出す。

歌が終わり祝福を唱えていると、俺の髪や頬、肩や背中に、ふわっと触れては離れていく優しい感触が続き、次第に間遠になって……ついに途絶えた。

全ての気配が消え、元通りの静寂が訪れる。最後に祭壇に向かい、今宵の儀式の終わりを報告し祈りを捧げる。

祭壇に一礼。

これで「宵闇祭」は終わりだ。手早く撤収の片付けをして「常闇神殿」を後にした。


「お帰りなさいませ。『宵闇祭』はいかがでしたか？」

「なんだか不思議な体験でした。一人なのに一人ではないというか。沢山の気配がしました」

「それだけですか？」

えっ？　なにその質問。俺なにか失敗した？

「はい。それだけじゃダメなのでしょうか？」

「いえ。その逆です。もし何もなかったのであれば、最上の結果といってよいでしょう。実は、過去に行われた『宵闇祭』では、死者に魅入られて闇落ちしてしまった神官もいれば、闇に呑まれ冥界へと連れ去られてしまった者もおります。何事もなくて本当によかった」

なにそれ、怖っ！　そんなの聞いてないよ。それって、このクエストに失敗してしまうと、強制ルート変更ってことだよね？　それに冥界って何？　闇の世界の住人になっちゃうの？

そんな特殊プレイは嫌だ。なんでそういう大事なことを、教えてくれなかったのかな。

「そのことは、事前には知らされないものなのでしょうか？」

違ったら抗議してやる。だってもし失敗したら、これまで積み重ねてきたものが全部パァ。台無しになってしまうのだから。

「はい、お祭しの通りです。闇に落ちてしまうのは、その者の適性でもあります。六祭礼は、正統な神官たり得る資質を、厳しく見極める役割を持っています。いくら表面を取り繕っても、神の試練を潜り抜けられなければ、残念ながらそこまで……といった具合です」

つまりこれは仕様ってことか。それも運営の罠的な。……ひでぇ。どれだけ本物を求めているんだよ。こんなので闇落ちしたら、ショックでゲームを止めてしまうかもしれないのに。

「見事試練を切り抜けられたのはさすがです。お疲れ様でした。無事『宵闇祭』を成し遂げられましたので、これで残す祭礼は、あとひとつになります」

もう？　今終わったばかりで、もう次の情報が出ちゃうの？　なんか今までと違う。

「残るひとつは『煇煌祭』ですが、その開催場所はどこになるのでしょう？　クラウスさんはご存知ですか？」

「ええ、もちろんです。今度の『煇煌祭』は大祭になりますので、私も現地までご一緒致します。開催場所は、王都正面の沖に浮かぶ島『ミトラス聖霊島』です」

次は王都方面なのか。遠いな。かなり先のマップだ。

「『ミトラス聖霊島』とは、どのようなところですか？」

「小さな島ですが、島全体がひとつの山になっています。祭礼を行う山頂までの道のりは、かなり険しいです。大司教様が登頂するには、体力面でやや厳しいかもしれません」

次は山登り？　体力面で厳しいってどんだけよ？　製作者がゲームってことを忘れてそう。

「それほど大変なのですか？」

「はい。登って終わりというわけではないですから。しっかりとお役目を果たされるには、心身ともに余裕が必要です。明日から体力作りもスケジュールに組み込みましょう」

体力作りが必要って、まさか基礎トレでもするのか？　ＶＲで？

「わかりました。では明日からよろしくお願いします」

「はい。今日はお疲れでしょうから、お身体をお休めになるのがよろしいでしょう」

「お気遣いありがとうございます。では、少し休ませて頂きます」


そして俺の私室。質素だけど広さは割とある。もうすっかり馴染んでいて、ここにいるとかなり落ち着く。

借りていた祭具は返却したし、ここでアイテムボックスのチェックでもするか。ボス部屋でいろいろともらったしな。

お金と素材はいいとして、武器と防具が気になる。
・【ＳＲ流星の剣】ＳＴＲ＋80　ＡＧＩ＋40　耐久４００
・【ＳＲ流星の籠手】ＶＩＴ＋20　ＡＧＩ＋20　耐久４００
・【ＳＲ流星の脚甲】ＶＩＴ＋20　ＡＧＩ＋20　耐久４００
・【ＳＲ加重の盾】ＶＩＴ＋25　ＩＮＴ＋10　耐久４００

※攻撃を仕掛けてきた相手の相対速度を遅くする。

・【SR加重の鎧】VIT＋40　INT＋10　耐久400

※攻撃を仕掛けてきた相手の相対速度を遅くする。

・【SR加重の兜】VIT＋20　INT＋20　耐久400

※攻撃を仕掛けてきた相手の相対速度を遅くする。

おおっ！　悪くない。全部速さ系の効果がついている！

でも、どれも金属製で重そうだ。ステータス値も、今使っている装備の方がいい。うーん。強化素材として使えるかな？　ガイアスさんって、今忙しいだろうか？　メールしてみるか。

《ガイアスさん、こんにちは。お忙しいところすみません。ユキムラです。強化素材のことでお伺いしたいことがあってメールしました。常闇ダンジョンでドロップした「流星の◯◯」と「加重の◯◯」という武器と防具があるのですが、全て金属製なので俺が直接装備するのは無理そうです。今使っている装備の強化に使えるものがあったら、教えて頂ければありがたいです。その際は強化もお願いします。急ぎじゃないので、お返事はお手隙の時で大丈夫です。もしダメそうなら、スルーして頂いても結構です。では、よろしくお願いします。》ポチッと。

《ピコン！》

えっ、もう返事が来たの？　いくらなんでも早過ぎない？
《ユキムラ。もしかして今時間ある？　時間があるなら素材集めを手伝ってほしい》
《ちょうど先ほど一段落したところなので、狩りなら行けますよ》
《マジ？　俺、超ラッキーだわ。頼みたいのはさ……》

メールでやり取りした後、俺は一旦冒険者ギルドに寄って、いらない素材を売却した。これで、アイテムボックスはだいぶスッキリしたかな。

それからすぐにジルトレを出て、ガイアスさんの待つドワーフの集落に向かう。

ドワーフの集落は、ハドック山の中腹にあり、「鉱山ダンジョン」のすぐ側に位置している。以前、一般向けの「鉱山ダンジョン」に行った際に、一度だけ立ち寄ったことがある。

住民はもちろん、長い髭を生やした気難しそうなNPCドワーフたちだ。なかにはプレイヤーのドワーフもいるらしいけど、正直言って俺にはその区別はつかない。

プレイヤーでドワーフになったのは、第一陣では七人で全員男性だ。第二陣は一六人で、これも全員男性。女性プレイヤーがいないのは、ドワーフは女性でも髭がモジャモジャだからじゃないかと言われている。その辺りを妥協しないのが、ISAOの運営らしいっていうか。

到着した集落では、各所にある鍛冶場から、ひっきりなしに音が響いていた。いかにもファンタジーといったその風情には、ちょっとワクワクするね。

あっ！　いたいた。

「ガイアスさん、お待たせしました」

「いやあ、すぐに来てくれてマジ助かる。本当に困っていてさ」

「いったい、どうされました？」

「転職クエストで素材を集めている最中なんだ。しかし必要な個数がやたら多いのと、収集の場所が問題になっている。この辺りのフィールドと『鉱山ダンジョン』は自力でなんとかなったが『常闇ダンジョン』にも行くことになって、助っ人を頼んだ方がいいんじゃないかと丁度相談していたところだった」

常闇ダンジョンか。このところ何かと縁があるな。

「常闇なら、さっき行って来たばかりです」

「うんうん。『流星』に『加重』ですぐにわかったよ。つまり、最下層まで行ったたってことだろう？　なんといっても神官様だものな。サクッと。軽やかにサクサクっと進んで！」

「……そうですね。サクッとかどうかはわかりませんが、割とペースは速かったと思います」

「じゃあ、ヴァンパイアなんて一捻り？」

「一捻りとまではいきませんが【結界】を使えば拘束できるので、割と安全に倒せました」

実際に、あのダンジョンは本当に俺と相性が良くて、今回は特に苦戦した覚えはない。

「さすがだ！　さすが中級職神官だな！　実は頼みたいのは、そのヴァンパイア狩りなんだ。ヴァンパイアの心臓石を9個、グールの魔石を600個欲しい」

「それは確かに多いですね」

「三人分だからな」

「三人分？」

ほかにも誰かいるのかな？

「そう。今ここで転職クエストを消化中なのが、俺を含めて三人いる。今までの課題は、三人で協力して効率よく素材を集めてクリアしてきた。全員ここまで来ているくらいだから、それなりに闘（たたか）えるし、問題なく上手くいっていたんだ。ところが、最後の最後で『常闇ダンジョン』だ。さすがに相性が悪過ぎる」

相性か。逆の意味で実感してきたばかりだから、それはよくわかる。

「もしかして、今のパーティには物理職しかいないとか？」

「その通り。付与ならともかく攻撃魔法なんて誰も使えない。全員が鍛冶師だからな」

「なるほど。事情はわかりました。素材はパーティで集めればOKって感じですか？」

「話が早くて助かる。パーティを組んでいれば、メンバーの誰かが倒して得たドロップ素材は、自力で入手した扱いになる。図々（ずうずう）しい頼みだがやってくれるか？　後で必ず相応の礼はする」

「もちろんです」

「いやあ、本当に助かる。じゃあ早速（さっそく）だが、メンバーを紹介するよ。俺について来てくれ」

「ガイさん、どうでした？」

「おう！　快（こころよ）く引き受けてくれたよ。紹介するぜ。我々の救世主、ユキムラ大司教だ！」

ガイアスさんのクエスト仲間は、若い女性プレイヤーと男性プレイヤーが一人ずつで、それぞれ大きなハンマーと斧を武器にしているようだった。

「初めまして、ユキムラです。微力ですがお手伝いさせて頂きます。よろしくお願いします」

「うわっ。ご丁寧にありがとうございます。私はキャサリンです。キャシーって呼んでね。来てくれて本当にありがとう」

「俺はムライだ。今日はよろしくな。神官様、頼りにしてるぜ！」

「よし！　時間が勿体無い。早速出かけよう！」


「いやぁ。こんな楽でいいのかね。何もすることがないぞ」

「なんか申し訳ないわよね。後ろについていくだけなんて。ハンマーに聖属性を付与してもらったけど、使う余地が全然ない」

通常なら、支援系神官職が陣形の先頭なのはありえないが、ここは例外中の例外だった。

「ユキムラに任せておけば大丈夫だ。俺たちが出て行く方が邪魔になる。ほらっ」

「うわっ。ゴーストの集団が、みるみる蒸発しちゃってる。すごい勢い」

「大量虐殺って感じだな。いやもう死んでいるわけだから、大量昇天か」

空中を自在に動き回り、不意に襲ってくる厄介なゴーストが、なす術もなく消えていく。

「偉い神官様に清められて、ゴーストたちも天国に行けて喜んでいるだろう」

「違いねぇ」

　そんな調子で、目的のグールがいる地下十五階に突入し、各階を掃除……じゃなくて浄化しながら順調に地下二十階まで到達した。ヴァンパイアは、フロア最奥の中ボス部屋にいる。

「ユキムラ、グールの魔石は今何個ある？」

「えっと……196個ですね」

「すごい！　ほぼ一人分じゃない」

「取り零しがないから、メチャ集まるのが早いな」

「ヴァンパイアを周回しながら、リポップ待ちの間にグールを倒せば、あとは帰り道でなんとか集まりそうだ」

「ユキムラ君、GPは大丈夫？」

「はい。まだまだ余裕があります」

「ちなみに最大GPって聞いてもいい？」

「2000ちょっと超えたくらいですね」

「そりゃあ桁が違うな、桁が」

「それだけあれば大丈夫だと思うが、万一危なそうなら言ってくれ。グールなら俺たちもそこそこ闘える。まっ、要らぬ心配みたいだが」

「わかりました。その時はよろしくお願いします。じゃあ先に進みますね」

「ユキムラ君、超ジェントルマン。マジいい人」

「おう。あいつはいい奴だぞ。巨乳好きだがな！」

なぜかいきなり巨乳好き認定されるユキムラ。

「おっ。同士か！」

「やーね。これだから男って。どれだけオッパイが好きなのよ」

「大抵の日本人の男はオッパイ星人だぞ。キャシーは割とある方だからいいじゃないか」

「そういうことじゃないの、もう」

「おまけにユキムラは年上属性だ」

快調に進むユキムラの背後で、次々と彼の属性が明らかにされていく。

「そこは袂を分かつだな。俺は自分より若い子が好きだ」

「誰もあんたの趣味は聞いてないわよ。でもユキムラ君、年上ＯＫなのか」

「おう。キョウカのライバルになるか？」

「えっ！　そうなの？」

「多分な。まだはっきりはしてないけどな。割り込むなら、今が最後のチャンスだぞ」

「横恋慕を唆したってキョウカに言いつけるわよ。それに私、略奪は趣味じゃないの」

「それは正解だ。あれ程嫌なものはないからな」

「あれ？　ガイさん、まさか経験者？」

「まあな。俺バツイチだし。つまり今はフリーだ。じゃあ、キャシーは俺にしておくか」

「なんでそうなるのよ。誘うなら、もっとちゃんと誘いなさいよ」

「あれ？　脈あり？」

「そうとは言ってないわ。馴れ合いから始まる恋愛は『ない』ってことを言いたいの」

「女は厳しいなぁ。男心は繊細なんだよ。正面からぶつかって玉砕とか怖いわけ」

「俺は正面からも行けるぞ。それで一回大失敗しているが」

「ガイさんは逞しいっすね。俺はなかなか本命には行けないタイプなんで」

「それは是非ユキムラを見習った方がいいな。あいつは正面から行くのを避けているようでいて、実は本命一直線な男だ。性格も実直だし、一見優男に見えるが結構な武闘派だぞ」

　なにげに評価が高いユキムラ。

「今一人でガンガン敵を屠っているのを見ると、武闘派なのは納得です」

「うん、凄いね。棒で捌きながら浄化もしている。器用だな」

「武闘派って、何か武術経験者なの？」

「剣道三段って言っていた。高校までやっていたそうだ」

「そんなリアルスキルがあるのに、剣士や刀士は選ばなかったのね」

「刀を持つと本気になるからやめた。とか言っていたかな？」

「おーっ。なんか武士っぽい。そんなセリフを言えちゃうなんて格好いいな」

「いやあ。あいつマジでカッコイイんだよ。か……んじがいいだけじゃなくて」

　顔が……とつい言いそうになって、慌てて引っ込めるガイ。

「確かに雰囲気的にはイケメンかもね。背が高くてスラリとしているし、そう呼ばれる資格は十分にあり」

「……まあ。そういうことにしておこう」

ユキムラが真のイケメンであることは、キャシーには内緒にしておきたいガイであった。

「なんか言った？」

「いや、なんでもない」

「そろそろヴァンパイア部屋に着くんじゃないか？」

「あっ！　ユキムラ君が止まった。あそこに集合だね！」

いよいよ中ボス部屋だ。

念のため、みんなの武器に聖属性付与をしてから、ヴァンパイア部屋に侵入した。他のプレイヤーの前で恥ずかしいけど、時間優先で七文字四句で行っちゃうか。

初めてじゃないから、ヴァンパイアの初動はよくわかっている。だから。

「神の摂理に　背きし者よ　聖なる茨　清き揺り籠！【結界】聖籠！」

死角から不意打ちを狙ってくるヴァンパイアを【結界】「聖籠」で拘束するのに成功。それからは、みんなで一斉にタコ殴りだ。

「ヴァンパイア涙目だな、こりゃ」

気のせいじゃなく本当に泣いているみたい。

「聖属性凄いな。ここでは無敵じゃないか」

自分でもそう思ったり。

「なんかカッコいいセリフが聞こえたけど、あれは何かしら？」

お願い、それだけは聞かないで。

「よしっ、心臓石GETだ！　残り8になった」

「他にこの階層に来ているパーティはいなさそうだから、部屋の前で並んでいなくてもよさそうね。リポップ用にタイマーを仕掛けておいたわ」

「じゃあ、さっさとグール狩りに行くとしよう」


「三時間強で終了だよ！　すごい！　みんなお疲れ様！」

「お疲れ様でした」

「いや、俺疲れてねえし」

「俺たちは、これからガッツリ疲れるんだよ。ユキムラ、今回は本当に助かった。大感謝だ、ありがとう。後で必ず礼はするから待っていてくれ」

「本当。ユキムラ君に感謝！　ありがとう」

「ユキムラ、助力ありがとう！」

「いえ、俺も楽しかったです。困った時はお互い様ですから、また必要だったら誘って下さい」

久しぶりのパーティ活動は、賑（にぎ）やかで本当に楽しかった。

「こちらこそだ。そうだ。『流星』と『加重』の件な。強化に使えると思うが、ジンとも少し相談してみるわ。あと、強化は転職してから施行した方がいい結果が出ると思う。悪いがもうちょっとだけ時間をくれ」

「お忙しいところ済みません。待つのはもちろん大丈夫です。俺も明日から、次の転職クエストの準備に入るようなので」

「おう！　それは済まなかった。忙しいのに付き合ってくれたのか。じゃあ、ジンと話した結果はメールで連絡を入れるわ」

「はい。よろしくお願いします」

「じゃあ、ユキムラ君またね。バイバイ」

「またな、今度一緒に飲もうぜ」

三人に見送られて、ドワーフの集落から俺は立ち去った。今日はよく寝られそうだ。

9　訓練

ぐるぐるぐる。先ほどから目にするのは同じ景色ばかり。それもそのはず。

だって今、走っているから。

もうだいぶ長いこと、神殿の裏庭をひたすら周回している。裏庭といっても、それほど狭いわけじゃない。武術鍛錬(たんれん)も行われている場所なので、小さめの競技場くらいの広さはある。だけど一周するのは、あっという間だ。

ゲームだから乳酸が溜まるわけではない、呼吸運動はしているが実際に酸素消費量が上がっているわけでもない。更に痛覚も抑制されているから、筋肉負荷は感じても苦痛はないないないないのナイ尽くし。だから、身体的にはちっとも辛くない。元々身体を動かすのは嫌いじゃないしね。……じゃあ何が問題かといえば「黙々と」走れないってことだ。

クラウスさんから与えられた課題は、次の三つになる。

①一般スキル【持久走】の入手
②一般スキル【登攀】の入手
③「走る・登る」をしながら、「歌う・唱える」ができるようになること

「【持久走】と【登攀】の同時取得は無理なので、まずは走りながら発声できるように練習しましょう」

そう言われてから、ずっと聖句を唱えながら走っている。

「上手くできるようになったら、次は歌いながら走りましょう」

ここで？　歌いながら走るの？

当然周りには人がいる。NPCはもちろんのこと、プレイヤーもしっかりいる。衆人環視の中、ひた走る歌う神官——そんなの羞恥プレイ以外の何ものでもない。でも耐えろ！　晴雲秋月・枯淡虚静・明鏡止水・泰然自若。次々と四文字熟語が頭に浮かんでは消えていく。かなりの現実逃避。ひとことで言えば「平常心」を保てってこと。そう。「平常心」を

フル起動して、頑張れ俺！　この苦境を乗り切るんだ！

羞恥に耐えてマラソンを続けた結果、無事【持久走Ⅰ】ＶＩＴ＋5を手に入れることができた。おまけに、いつの間にかこんなものまで生えていた。

【不動心Ⅱ】ＭＮＤ＋10

……おい。【持久走Ⅰ】よりレベルが高いじゃないか！　羞恥耐性ってことですか？　それってどんだけ？

そして鍛錬の合間を縫って、こんなのも獲得しておいた。

【図書妖精の眷顧】ＩＮＴ＋20　ＭＮＤ＋20

このウォータッド大神殿の図書室が解放されたので、日々通いつめて取得した。今のところ、ここの図書室に出入りするプレイヤーは、俺ただ一人。

それには理由があって、図書室の「解放キー」が、ユーキダシュで【学位記・神学】を授与されることだったからだ。つまり現時点では、俺以外に対象者がいない。

実はこの大神殿には、他にもまだ幾つか「開かずの扉」がある。図書室同様、いずれ「解放キー」が手に入れば、そういった謎の部屋にも入れるようになるのかもしれない。

こぢんまりとしていた「始まりの街」のモノリス神殿に比べると、ウォータッド大神殿は規模がかなり大きい。これはゲームならではの仕様で、外から見た大きさ以上に、内部が拡張されて広いスペースが確保されているからだ。

大聖堂・礼拝所・施療院・物販所・集会所・訓戒室・応接室・祈禱室（2）・兵舎・室内訓練所（2）・教導室（大教室1・個室3）・工房（2）・作業室・図書室・備品倉庫（3）・食堂・厨房・宿舎・裏庭

ざっと、こんな感じ。

図書室は高校の教室くらいの広さで、窓側を除いた壁際に書棚が並び、中央には閲覧用の机が何台か配置されている。

そして俺専用台車。既視感……じゃなくて、実はこの図書室は、ユーキダシュにある図書室とそっくりだった。

データの使い回しなのか、あの図書室にリンクしているのかどうかは不明。プレイヤー毎、あるいは職業毎のインスタンスエリアというのが正解じゃないかと思っている。なぜそう思ったかというと、閲覧できる書籍が、俺の転職クエストに関連したものばかりだからだ。

もしかして、プレイヤーが増えれば共有もあるのかな？　今のところボッチだけど。

明るい内は裏庭で歌いながら走り、夜の時間帯は図書室で「輝煌祭」の課題を自習する。気分転換に時々フィールドへ。そんな日々だった。

そして今回のログインでは【登攀】を入手するために山へ向かう。

ジルトレの南には山岳地帯があり、その中心にあるのが、ふたつのダンジョンを擁するハドック山だ。今回はその西隣にある非戦闘エリア「登山道と渓谷・峡谷マップ」が目的地になる。そこには、初心者用から上級者用まで、複数の難易度の登山コースが用意されている。

俺が行くのはもちろん、軽装で登れる「初心者コース」だ。【登攀】っていうから、てっきりロッククライミングみたいな、めっちゃハードなプレイをさせられるのかと思っていた。でも幸いなことに、近々実装予定の遊戯コンテンツのために、予告的に導入されたスキルらしい。だから道具を使わずに山登りをすれば、とりあえずスキル自体はもらえるとのこと。

……登山道が見えてきた。

登山道の入口にあった売店で、登山靴を購入して早速履き替える。服装は神官の平服、手には杖代わりに棒を持ちたいところだけど、スキル取得のためにあえて素手で岩をつかんでいる。

黙々と……ではなく、小声でボソボソと聖句を唱えながら登り続ける。端から見たら間違いなく変な奴だが、幸い辺りにプレイヤーの姿はない。初心者コースとはいえ登山道。結構な段差があるけど、ここは気合いだ！　人がいない内にどんどん登ってしまおう。

三時間ほど登り続けると、山の中腹にある休憩所に到着した。へえ、こんなところにも売店があるのか。何を売っているのかな？

飲食スペースの脇に土産物が置いてあった。売っていたのは、木彫りの民芸品・木彫りの装飾品・山の写真カード・山の植物を加工した栞・山の幸など。目ぼしいのはこのあたり。

・【開運の木彫りペンダント】LUK＋10

・【開運の木彫りブローチ】ＬＵＫ＋10
・【招運の木彫り置物】室内に設置すると、半径５メートル以内の人にＬＵＫ＋５
・キノコ各種（椎茸・舞茸・しめじ・キクラゲ）
・山葡萄
・栗
・ジャム各種（山葡萄・山桃・山桜）

食料品は、とりあえず全部買いで。次はいつ来れるかわからないから、多めに買っておく。

木彫り製品は、値段が結構お高めだった。装飾品は山の植物がモチーフになっていて、素朴だが、なかなか凝った作りだと思う。でもＬＵＫ＋アクセサリが、こんなところで売っているなんて、全く知らなかった。運が10も上がるならと、一組ずつ購入した。山葡萄は自分用で、山桜はお土産用だ。室内設置タイプの置物は、商店の店先などで福を招いている、あの有名な猫がモチーフになったもの。これは自室用にひとつでいいかな。


予想外な散財をしたあと、登山道に戻って展望台を目指す。次第に勾配がきつくなってきた。段差もメートル越えになってきて、身ひとつで登るのはなかなかに大変。既にえっちらおっちらという感じではなく、ファイト――ッ！　って気合いが必要なレベル。

そしてついに、展望台に到着だ。

それほど標高は高くないが、眺望はとてもいい。見渡せば、目に沁みるような鮮やかな緑が眼下に広がっている。涼やかな風が吹き通り、予想していたよりもずっと爽快だ。気分が一気に晴れて、心も凪いでいく。

しばらく景色を堪能したので、そろそろ再起動することにした。

ここと休憩所間をひたすら往復してスキルを手に入れる。他のプレイヤーがいないから（お願い来ないで）、歌も遠慮なく歌える！　歌って登れる神官、目指します！

【登攀Ⅰ】VIT＋5

GETしました。併せて【J聖歌詠唱】のレベルも上昇した。そして更に朗報が。【JP祈禱】がついにレベルMAX【JP祈禱Ⅹ】になり、Pスキル限定のMAXボーナスとしてPスキル枠がひとつ追加されている。

そこで思案。次はどのPスキルを取得するか。

もうひとつPスキルが取れるならこれかな？　と以前から考えていたのがある。それは状態異常耐性を大きく上げてくれるこのスキルだ。

・【P清廉Ⅰ】MND＋15　※状態異常耐性E　状態異常から復帰しやすいE

※E＝EXTRA　特に効果が大きい

ところが、予想していなかった選択肢が新たに現れたため、再考することになった。

・【JP☆秘蹟Ⅰ】MND＋20　LUK＋10　［上級職以上限定］職業パッシブスキル

GP回復速度上昇。神官系スキル効果上昇。スキルレベルが上がると神官職の「格★」が上がり易くなる。以上の効果は全て【祈禱】に加算される。※高難易度のＪスキル「奇跡」技を行使した際の成功率上昇。

……これは凄い。どう見ても、【ＪＰ祈禱】の上位版だ。それも互換じゃなくて加算ときた。名称に☆マークが付いているスキルなんて初めてだけど、これって上位スキルの印なのかな？

ただこれは、但し書きにあるように上級職以上限定のスキルなんだよね。だから表示が灰色に暗転していて、今は選択することができない。でもこの能力は是非手に入れたい。それもできるだけ早く。従って、スキル経験値を捨てることにはなるけど、上級職になるまで枠を空けたままにしておくという結論になった。

だってＰスキル枠はとても貴重だから。

Ｐスキルをレベル ＭＡＸにするのは、非常に時間がかかる。【ＪＰ祈禱】は、アクティブ要素があるスキルなので例外的に早かった。もうひとつの【Ｐ頑健】の方は、未だＭＡＸには程遠い。つまり、次にＰスキル枠が増えるのは当分先になる。

どうやったら効率よくＰスキルレベルを上げられるか。それはＩＳＡＯプレイヤー共通の課題であり、果敢にも身体を張って検証を試みた人たちもいた。

有名なのは【Ｐ清廉】持ちの防護職の人が、スキルレベルの上昇を期待して毒沼に長時間浸かるという荒業に挑戦。その結果、スキルレベルは期待したほど上がらず、それどころか「感染症」に罹ってしまって、施療院を受診する羽目になった。

一方で、レイド戦中に、ボスの状態異常ブレスを頻繁に浴びたプレイヤーは【Ｐ清廉】のレベルがかなり上がったらしい。このことから、スキル毎に、レベルが上がりやすい条件が細かく設定されているのではないかと考察されている。

現在、他に俺があえて余らせているスキル枠は、大司教に上がった時に増えた「Ｓ／Ｊスキル枠２」に、トリム解放クエスト報酬の「Ｓ／Ｊスキル選択券１」の合計三つしかない。

総大司教になれば、ボーナスでまたふたつ追加される。でもそれは随分と先のはずで、あとはレイドクエスト報酬などで配布されるのを期待するしかない。よって、余りスキル枠は、種類にかかわらず全部保留。だって、次の転職はもう目前だから。

帰りがてら、市場で材料を買い揃え、厨房でバフ菓子作りを始めた。キョウカさん、ジンさんの二人が、ようやくジルトレに戻ってくるからだ。転職クエスト絡みで、キョウカさんはエルフの里に、ジンさんは獣人の集落に滞在していたが、やっと目途がついたという連絡があった。その他の三人は、残念ながらまだ時間がかかるらしい。

「うまそうな匂いだな。菓子なんて作れるのか。意外に多芸だな」

「エリー、久しぶり。そこはゲームだから。実際よりも、かなり簡略化されているからね。作り方を教わってレシピが手に入れば、それ以降はいつでも気軽に作れるよ」

「そんなものか？　でも誰に教わればいいんだ？」

おや、興味あり？　これはパティシエ仲間が増えるかも。

「指導者は、ここのＮＰＣ料理人のフランシスさん」

「フランシスなんて初めて聞いた」

「『おっちゃん』の名前だよ」

「あの人そんな名前だったのか。みんなが『おっちゃん』って呼んでいるから、そういうものだと思っていた」

「名前を呼ぶとなぜか嫌がるからね。『始まりの街』のおばちゃんたちと違って『おっちゃん』は【調理】スキルを持っている職業料理人だから、頼めばいろんなレシピを教えてくれるよ」

「そうか。確か『調理』は、こそこそ隠れなくてもいい仕事だったよな。レイドクエストが終わったらやってみるか」

「これからレイド？」

「ああ。既に一回失敗していて二回目になる。人数に任せて行ったら、初回はダメだった。あのチームワークじゃなってていう結果だ。もっとチームとしてまとまらないと『カリュブディス』は倒せないと思う」

　第二陣がもうカリュブディスをやっているのか。随分とペースが速いな。

「あのレイドは組織力がいる。大事なのは事前準備とチームワークかな。俺たちの時は役割分担が明確に決まっていて、上手く班分けされていた。だから本番は指示通りに動けばいいだけだったよ。タイムキーパーや号令係が、いい働きをしていた覚えがある」

「やっぱりそうだよな。俺たちは滑り出しがまずかった。『龍が淵(りゅうがふち)』のレイドを、第一陣から流れてきた聖属性装備と、上級聖水の大量投入でゴリ押しできたから、そのやり方でいいと勘(かん)

違いした奴が多い。ベータ組の多い第一陣が、あれだけ計画的に進めて攻略したのに、力技でなんとかなるとまだ考えている」

なるほどね。序盤から物資に恵まれているのは、攻略上の大きなアドバンテージになる。だけど、それで気が大きくなって、作戦が雑になってしまったら本末転倒だ。上に立つ者がどんぶり勘定で事を進めたら、計画の規模が大きくなるほど破綻しやすい。そんな感じなのか。

「第一陣には頼りになるリーダーがいるからね。それも大きいかな」

「『黒曜団』だろ？　有名なカリスマプレイヤーがいるのは羨ましいぜ」

「うん。レオンさんの求心力は凄いよ。話すと気さくな人なのに、いざ作戦になると『この人についていけば大丈夫』って思わせるオーラが全開になる」

「残念なことに第二陣は烏合の衆だな。自分の都合ばかりを主張する奴が多くて、鼻持ちならないガキが偉そうに粋がっている。第一陣の出した成果に、おんぶに抱っこされていることにも全く気づいていない。全部自分の力だと勘違いしていやがる」

「ははっ。随分と手厳しいな」

「やつら、生産職を下に見ているからな。全体の見通しもつけられないくせに、他人を顎で使おうとする。だから、生産職のチームからの離脱が止まらない」

あらら。そんな状態なのか。

「それはダメだな。レイドはまさしく団体戦で、後方支援の働きが要といってもいい。生産職の惜しみない協力があってこそ、戦闘職が存分に力を発揮できる。『龍が淵』が酷い消耗戦だったから、みんなそれを身に染みて理解していた。彼らを正当に評価しないで怒らせてしまうなんて、自分たちの首を絞めるようなものなのに」

生産職の尽力がなければ、あっという間に戦線は破綻する。レイドの後の生産職プレイヤーの疲弊ぶりを見れば、それは一目瞭然だ。

「第一陣と違って、Gさえ出せば市場で何でも買えたからな。身の程を超えた武器でも、状況を一発逆転するアイテムでも、パネルをタッチすれば簡単に手に入った。情報だってそうだ。手探りでトライアンドエラーをする必要なんて微塵もない。だから、本来立ち止まるべきところをショートカットしてきた戦闘職がとても多い」

「生産職のフレがいると凄く心強いのに。上だとか下だとか、いったい何を基準にしているのか。あっそうだ！　以前言っていた裁縫師の人が、もうすぐジルトレに戻って来るよ。神官服なら採寸すればすぐに作れるって。皮革職人さんも一緒に戻ってくるから、もし必要なら防具も頼めると思う」

「それは助かる。だいぶGが貯まってきたから、防具も揃えたいと思っていたところだった」

「防具のお勧めはブーツかな。俺が今履いているのも、司祭をしている時にその人に作ってもらったもので、強化しながら今でも現役。注文製作だから、ステータス補正やデザインにかなり融通が利く」

「それは物持ちがいいな。ユキムラのお勧めならブーツは是非購入しよう。あと考えているのは上半身の防具になるが、胸甲を買うとしたら、どんなものがお勧めになる？」

「そうだな。今のレベルなら魔狼製のものがいいかも。鍛冶師の人が街に戻れば、金属製の防具も頼めるけど」

「金属製というと魔銀製か。それって性能的にはどうなんだ？」

「能力順だと魔狼製の次は魔銀製になるね。でもあえてそれは飛ばして、高価だけど最初から聖紫銀製を使った方がいいと思う。ＭＮＤが大幅に上がるから」

「そりゃあ聖紫銀製は欲しいが、さすがに手が出ないな。あれメチャクチャ高いじゃないか。あんな高級品を持っているなんて、いったいどうやって資金を稼いだ？」

「俺の場合は、素材の鉱石作りに関わっているから、その分かなり割り引いてもらえる。エリーも聖属性付与が使えるなら、交渉すれば安くなると思うよ。見積もりを聞いてみる？　ただ、鍛冶師の人はまだ戻ってくる見通しが立ってないから、作るのはだいぶ先になると思う」

「マジか！　聖属性付与なら俺も使えるぞ。聖紫銀なんて全然考えていなかった。それなら、しばらくは魔狼製で充分だから、その間にＧを貯めて一気に聖紫銀っていうのもありか」

「デザインによっては、二人で協力して作ってくれることもあるから、興味があるなら両方に聞いてみるよ」

「ああ、是非お願いする。ユキムラの知り合いなら安心して頼めるからな」

「うん、本当にお勧め。いい人ばかりだし、生産職としても優秀だしね」

「いやあ。持つべきものは友達だな。ユキムラ、手間をかけるがよろしくな！」

10　閑話　これが私のＩＳＡＯ

♫♩♪♪〜♫♩♪♪

　今日もまた、子供たちの清らかな歌声が青空に響き渡る。綺麗な調和。聞いているだけで、心が真っ新に洗われる。

「カタリナ先生、次は先生がお歌を歌う番よ」

「そうねえ。何かリクエストはある？」

「アンナは、この前の礼拝式で先生が歌っていたのがいい。とっても素敵な曲だったもの」

「この前っていうと『見上げよ、輝く雲を。御使いきたりて』かしら？」

「そうそれ。ダメかな？」

「いいわよ。あれなら歌詞が出てくるから」

「歌詞が？　どこに出てくるの？」

「お、覚えているって意味よ。じゃあ始めましょうか。エルサ、伴奏をお願いしてもいい？」

「はい。じゃあ前奏からいきますね」

　軽やかなオルガンの音色と共に、私は高らかに歌い出す。神を褒め称え、祝福を喜び祝う歌を。……カラオケで。そう、まさしくカラオケなの。

私の視線の先――つまり目の前の虚空には、私にしか見えない半透明の四角いディスプレイが浮かんでいる。そこには、ＮＰＣ修道女であるエルサの伴奏に合わせて、歌詞と楽譜がリアルタイムで流れている。

こういうところは、さすがゲームだと感心する。生演奏と連動するカラオケが、こんなに手軽に体験できるなんて。そして、ただ歌っているだけなのに、経験値がちゃんと入ってレベルは上がるし、様々な歌唱関係のスキルが、いつの間にか増えていく。

最初は【Ｓ歌唱】を取って、歌唱補正（別名『誰でも歌姫』）を効かせて歌っていただけだった。頭を空っぽにして歌っても、まるで本物の歌手みたいに上手く聴こえるという超優れスキルで、とてもいい気分で歌うことができる。

調子に乗って、ログインするたびに歌っていたら【Ｊ聖歌詠唱】というスキルをもらえた。それを皮切りに【Ｊ聖歌暗唱】【Ｊ敬虔なる歌声】【Ｊ聖歌隊指揮】といった、意図しないスキルがワラワラと増えていき、各スキルのレベルが総じて上がったら、それはもう大変なことに。

・歌唱補正（音程・リズム補正）
・音量補正（スピーカー調節機能）
・音質補正（エフェクター機能）
・カラオケ機能
・歌唱魅了（歌で聴衆を魅了する）
・聖歌を歌うとき、声と歌唱に補正がかかり荘厳な雰囲気を醸し出す。魅了＋（小）

・自動歌唱（楽譜通りにオートで歌唱できる）
・複数のＮＰＣと唱和する時、リードを取ることができる。人数が多い程、神聖さが増す。
・神の光（スポットライト効果。サビ部分では後光が差す）
・御使い降臨（ＮＰＣの瞬間魅了度が高まると、頭上に御使い降臨のＣＧが投影される）
・神の音色（ＮＰＣの瞬間魅了度が高まると、会場に荘厳な効果音が流れる）
……うん。なんて言ったらいいのかな。どう見ても過剰演出？　つまりやり過ぎ。

こういった機能がフルで働くと、それはもう素晴らしく神々しい舞台になる。サビ部分で後光が差すとか、もう爆笑もので。いったい誰得なの？　これ絶対に運営が遊んでいると思う。

「御使い降臨」なんて、訳のわからないエフェクトなんて特に。

ちなみに今は「自動歌唱」はＯＦＦにしている。聴衆が子供たちのときは、上手い下手関係なく楽しく歌いたい。だって、そのためのゲームだから。

私がこのＩＳＡＯを始めたのは、ゲーム的な楽しさよりも、現実逃避と癒しを求めてのことだった。特に「癒し」。この部分が大きい。

家と会社の往復の日々。いわゆる社畜って呼ばれるような生活が、ここ数年間続いている。毎日くたくたなのに、このところ、両親が顔を合わせるたびに「いい相手はいないのか？」って聞いてくるようになった。正直言って、とても煩わしい。

私が学生だった頃は「女も社会の一線で活躍する時代だ」とか「男と肩を並べるくらいじゃ

なきゃダメだ」なんて追い立てて、一流大学に一流企業、そこに入らなきゃ意味がない。頑張れ、もっと頑張れって、煽っていたのに。

望み通りに必死で頑張って、それを実現したと思ったら、今度は急に孫の顔が見たいって。どうやら知り合いに、孫が可愛くてたまらない。孫は特別だ。そんな自慢話を吹き込まれたらしい。ないものねだり。歳のせいもあるのかしらね。

でもね。車は急に止まれない。孫だって急に産めやしない。孫のために結婚を焦る気持ちもないしね。それに結婚はともかく、子供ができたら、今と同じ働き方はできない。せっかく頑張って評価され始めてきたのに、急に方向転換するわけにはいかないの。

だって、もっと楽な生き方がいくらでもあった。あえて苦労するコースを選んだのに、あっさり捨てられるわけがないじゃない。孫は当分お預け。私は自分の思うように生きていくから。

そうは言っても、その職場でもストレスは溜まる。総合職で頑張る女が目障りなのか、はたまたそれが口癖なのか、上司が嫌味を連発する。セクハラしないだけマシ（うちの会社は、そういうのに厳しい）だけど、ちょっと油断すると面倒な仕事ばかりを押しつけてくる。

……昔は良かった。なんて、まさか自分がいう日が来るとは思わなかった。

大学時代は、時間や体力がいくらでもあって、一緒に遊ぶ友達も沢山いた。その日その日が楽しければ最高で、何も考えずに馬鹿騒ぎをしていられた。そんな楽しい日々が、これからもずっと続くと、根拠もなく思っていられた。

でもそのうち、就職や留学・転勤・結婚など様々な理由で、仲間が一人欠け、二人欠け……

櫛の歯が欠けるようにいなくなって、気づいたら私の周りには誰も残っていなかった。

　私も転勤が多いから、付き合いが疎遠になってしまったのは、仕方がない面もある。でも年々増えるのが、上司への愚痴と通帳の残高だけじゃあ、いくらなんでも潤いがなさ過ぎる。

　そうは言っても、自力でマンションを買っちゃったし、今の仕事以外に何かできるかっていうと、それも正直なところ難しい。起業するほどのバイタリティは、もう残っていない。

　もう仕方ないわよね。どこまで行けるかわからないけど、ゲームで息抜きしながら、社畜人生を邁進するしかない。


〈パン・パン・パン・パン・パン！〉

　何曲目かの曲が終わったところで、高い拍手の音が鳴り響いた。

「素晴らしい歌声ですね、カタリナさん。あなたのお歌を聴くたびに、心が洗われるようです」

　それはまあ。今の歌には、ばっちり歌唱補正が入っているから。新しい曲だったので、補正効果を大にしてみたら、我ながら惚れ惚れしちゃうくらいに素晴らしい出来になった。

「修道院長様、ありがとうございます。私に何か御用でしょうか？」

「実はそうなのです。ジルトレの街の大修道院長様から、是非カタリナさんを派遣してほしいと催促を受ました。あなたの礼拝式での詠唱を、非常に高く評価されていましたよ」

　えっ、またこの話？　この間断ったばかりなのに。

「それは大変ありがたいお話です。ですが私は、この街から離れるつもりは少しもありません。

ここで子供たちと共に過ごすことが、私に神から与えられた仕事だと思っています」

こういったむず痒いセリフも、最近ではスラスラと出てくるようになった。高校がミッションスクールだったから、案外こういうのには慣れているしね。でも慣れって怖いのよ。この間、リアルでもこの口調が出そうになって、凄く焦っちゃった。

「カタリナさんの子供たちに対する愛情は、大変立派だと思います。子供たちも、あなたにとても懐いていますしね」

「ありがとうございます」

「しかし大修道院へ行けば、あなたの『聖詠師』としての路が更に広がり、素晴らしい歌い手としての未来が待っています。それでも心は動きませんか？」

「はい。私の望みは、この場所で子供たちを見守りながら、歌い続けることです」

「そうですか。あなたの今のお気持ちも大変素晴らしく、私の一存で蔑ろにできるものではありません。では一旦お断りしておきますが『儀式』と『礼節』の学びは、今後もできる限り続けて下さいね」

よしっ！　行った。

定期的に来るのよね、修道院長様って。彼女はどうやら、私に転職情報を教えてくれているらしい。そういう役割のＮＰＣなんですって。それに加えて、ゲームバランス的なものを調整する意図も、あるとかないとか。

このゲームでは、神官職の所属する施設が、なぜか男女別々に用意されている。男性は神殿、女性は修道院といった具合に。そしてこの両者は、信者獲得の面でライバル関係にあるそうだ。どちらの施設にも神官があまりいないから、本来なら、目立った競争にはならないはずだった。ところが、隣のジルトレの街に、もの凄く頑張っている有名な男性神官プレイヤーがいて、ほとんどの信者を大神殿にかっさらわれてしまった。それを大修道院長様が嘆いていて、どうにかしてジルトレの大修道院でも集客イベントを開催したい。そんな事情らしい。

なぜ歌っているだけの私が、こんなにゲーム通なのかというと、それは全部受け売りの知識だから。度重なる修道院長様の襲来に私が辟易していたら、修道院内でたまに会うプレイヤーが、こういったゲーム的な都合を親切に教えてくれた。

でも転職情報なんていらないの。ずっとここにいるつもり。

現状ではログインは不定期だし、入れる時間も限られる。生活の隙間にやっと確保できる貴重な娯楽の時間。だから、ここではやりたいことを優先するし、実際にそれしかしていない。

……だって、そのために買ったゲームだもの。攻略なんてどうでもいい。

この修道院にいれば、食事も宿も無料だし、奉仕は好きな仕事を選べる。修道院が経営する養護院の子供たちと遊び、歌い、ご飯やお菓子を作って一緒に食べる。まさに望んだとおりの癒しがある。

ご奉仕っぽいのは、頼まれて聖水を作るくらいかな？　「聖典」を読んだり模写したりは一切しない。リアルで溜まった疲れを癒やすためにログインしているのに、写経なんてとてもできない。それで心の安寧を得る人もいるかもしれないけれど、私は違うから。

もうね。このゲームの子供たちって、とっ……ても可愛いの。お顔はもちろんだけど、年相応にあどけないのがいい。可愛がった分だけ懐いてくるし、慕うように甘えてくる子もいる。私が何か言ったりしたりするたびに、子供らしい素直な反応が返ってくる。でも、決して漏らしたりゲロを吐いたりはしないのよ。泣き喚いてダダを捏ねたりもしない。

……うん。そんなの現実じゃありえない。生身の子供とは乖離した理想の子供。いいとこ取りのフェイクだよね。それは充分に承知している。だけど、煩わしさを感じさせずに疲れを癒やしてくれるなら、フェイク上等。そう思っている。

他の人だって同じでしょ？　モンスターを倒してスカッとしたり、もの作りをして創作意欲を発散したり。ゲーム内で名を売るのだって、承認欲求を満たすためのもの。全てフェイク。仮想空間での遊び。それでいいじゃない。

遊びにノルマはいらない。これが私のＩＳＡＯなのよ。

「ねえ、カタリナ先生。次のお歌は？」

「そうね。今度はみんなで一緒に歌いましょうか？　『湖の畔に我ら集いて。この喜びを捧げよう』なんてどうかしら？」

「うん、それがいい。みんなで歌おうよ！」

「はーい。私、たまには下のパートにしてみようかな」

「僕も下！」

「じゃあ、下を歌う子はこっちに集まって、上はあっちね」

フェイクな世界にフェイクな人々。

でも全てが嘘かっていうと、それはちょっと違う気がする。だって、ごく小さな変化だけど、私の心を揺さぶる感情。それだけはリアル、そう思えるから。購入費用の十五万円が、高いか妥当か安かったかは、他人じゃなくて私が決める。

「じゃあ始めまーす。みんな、準備はいい？」

♫♩♪♪～♫♩♪♪
歌を歌おう　この湖の畔で　鮮やかな緑溢れるこの場所で
涼やかな風が吹くこの木陰で　我ら集いてこの歌を捧げよう
今を生きるこの喜びを　明日へ向かうこの喜びを
数え切れないこの喜びを　主なる神に捧げよう
生きとし生けるもの　その全てに神の慈愛は降り注ぐ
歌を歌おう　この湖の畔で　我らの生きるこの場所で
♫♩♪♪～♫♩♪♪

……陽射しが気持ちいい。こうして歌を歌っていると、いろいろなものがリセットされていく気がする。

ジャブジャブジャブジャブジャブお洗濯♪　疲れた心のお洗濯♪

スッキリ歌って流しましょう　溜まりに溜まったストレスを

「カタリナ先生、歌詞が違うよ！」

「ごめんね。先生間違えちゃった。もう一回最初からいい？」

「いいよ！　もう一回最初からね！」

「今度は間違えないように気をつけてね！」

第四章　王都滞在編

1　王都へ

俺たちを乗せた王都への定期便は、トリム港からトリティエ湾へ出航し、海岸沿いを南西方向に向かって進んでいった。しばらくすると、特徴的な外観をした切り立った断崖絶壁が見えてきた。

ジーク岬だ！

以前は見下ろしていた巨柱の連なりを、今は左手に見上げながらシーナ海峡を通過する。なんか不思議な感じだ。迫力のある奇岩のオブジェ。その圧倒的な質量。見る位置によって、こんなにも印象が変わる。

それから船は、岬を回り込むように南東方向へと進路を変えた。沿岸を更に進むと、右方向沖合にある大きな島が視界に入ってきた。

「大司教様。あれが祭礼を行う『ミトラス聖霊島』です」

「思っていたよりも大きいですね。海から山が突き出ているみたいだ」

「はい、まさにおっしゃる通りです。ミトラス聖霊島は別名『霊峰ミトラス』とも呼ばれ、島のほぼ全てがひとつの山から成ります。参道は整備されていますが勾配がきつく、実際に登ってみると、山頂まではかなりの距離があります」

だよな。なにしろこのサイズの山だ。鍛えていなければ登るのは大変だろう。

【登攀】のスキルレベルを上げておいてよかったです。実物を見るとそう思います」

「今の大司教様であれば、山頂まで確実にたどり着かれることでしょう。私もお供させて頂きますが、このたびの大祭は素晴らしいものになるはずです。今からとても楽しみです」

「クラウスさんが一緒にいて下さると、私も大変心強いです。無事に務めを果たすことができるよう、王都でも全力を尽くすつもりです」

「儀礼的な作法は既にひと通り習得されていますから、王都のミトラス大神殿では、当日と同じ祭具を使用しての、全体予行演習と精神の鍛錬が行われる予定です」

「精神の鍛錬ですか。心してかかります」

「大祭は参加する神官の人数も多く、参加者に共通の課題を与えて、大祭前の最後の修養を全員で行います。この期間を共に過ごすことにより、連帯感が増し、心をひとつにして神の御前に進み出ることができる——そう言われているからです」

「大仕事ですね。これが六祭礼の最後のひとつですから、良い形で成功させたいです」

「きっとそうなると思います。あちらに王都が見えてきました。あの尖塔の元に、我々の向かう大神殿があります」

予想していた通り、王都では観光する暇もなく修行に突入した。

まだ陽が昇らない内から起床の鐘とともに起き、平服に着替える。最初のお勤めの場所である「黙想室」には、既に大勢の神官が集い、それぞれ指定された座席に座っていた。

皆、一言も喋らず音も立てない。聞こえるのは互いの呼吸音だけだ。

こういうところの作り込みがすごい。もう感心するばかりだ。

NPCにも各自呼吸音が設定されているのか、あるいは集合音として流しているのかはわからない。でも、参加者の息づかいひとつひとつまで、とてもリアルに聞こえてくる。

俺も着席して、同じように目を閉じた。心をなだめ、意識を周囲から切り離すように努めて、自分の内面だけに集中させていく。

――深く深く。沈思の海に潜るように。

「黙想」の指導教官から指示されたのは、次の項目になる。

・自分の過去の振り返りをする。

・今まで意識的に、あるいは無意識に遠ざけてきたものや、心にわだかまっているもの。どんな些細なことでも構わないので、それを根気よく探していく。

・探し当てたものについて、自由に素直に思考をめぐらせてみる。

・本当はどう思っていたのか。どうしたかったのか。なぜ自分はそうしたのか。日々の忙しさに流されて、通り過ぎていってしまったものを丁寧に掘り起こす。
・そうやって、過去の自分をひとつひとつ見つめ直し、整理していくことで、自我の奥深くに潜り込んでしまっている、無意識の自分に会合する。
これを繰り返すことで、知らなかった自分の一面や、隠されていた本心を自覚し、個としての自分を確認するそうだ。

「思考を広げましょう。今見えているあなたは、あなたのほんの一部が表面に表れているに過ぎません」

「あなたがこれまでの人生で積み重ねてきたものは、もっと厚く折り重なるようにあなたの中に積もっています」

「それを見つけ、解き、心をひとつにする。そうすれば、自分には多くの選択肢が与えられていることに気づき、正しき道へと導かれることでしょう」

「黙想」の合間には「説法」の時間もあり、祈りとは、義とは、徳とは……といった概念論が数多く語られる。


正直、大丈夫か運営？　そう思った。

ここまでやる必要があるの？　だってこの宗教は、現実には存在しないものだ。つまり、この「教義」や「儀式」とやらは、全てフィクションのはず。たとえそれがどこか既存のものに似ていたとしても、運営の誰かが作った創作物に過ぎない。

なのに、なんだこのリアリティは。

ゲームだと割り切ればいい。いちいち真に受けずに、指示を受け流せばいいだけだとわかっている。もし真面目に取り組んだとしても、人によってはどうってことのない課題だ。

……だけど。

過去に潜行すると、どうしても避けられないものがある。俺の過去は、母を失ったあの時点で一旦止まり、そこを境に二色に塗り分けられていた。

幸せだった子供の頃。

家族の笑顔があって、それが当たり前のものだと疑いもしなかった。親から与えられるものを、ただただ享受するだけで、惜しみなく与えられる愛情に満たされていた。

それを失った十二歳を境に、俺はずっと自分を誤魔化してきている。そして誤魔化していることすら、気づいていない振りをしてきた。世の中にはもっと辛い思いをしている人が大勢いるとか、俺がしっかりしなきゃ父さんを困らせるとか。思いつく限りの言い訳を並べて。

本当は泣きたくて。

心細くて。

誰かに行き場のない憤懣をぶつけたくて仕方がなかった。周りの幸せそうな人たちを見るたびに、羨む気持ちを止められなかった。

なんで自分がこんな目に遭うのか。かけがえのないものを理不尽に喪ってしまったのか。

だから。忙しさを理由にして、人と深く関わるのを無意識に避け続けていた。

過去の温もりを伝える思い出は、俺の「憧憬」そのものだ。心の奥深く、最も柔らかい場所にギュッと凝縮されて隠れている。

そうしておかないと、ふいに消えてなくなってしまうのではないかと怯え、小さく小さく……身を竦めて。

このクエストを作った人が、何を考えてこんな課題にしたのかはわからない。俺は今まで、これほど、ただひたすら考えるなんてことをしたことがなかった。本音なんて自覚しないようにと、自分を顧みることを避けてきていた。

ゲームの中で何やってんだろ、俺。

こんな誰が頭の中を覗いているかわからない環境で、思考することを止められない。真綿で包み、壊れてしまわないようにくるんできたもの。それが初めて、排しきれない圧力をもって、今まさに殻を突き破ろうと内面から押し上げてくる。

……出たかったのか。

本当はこんなに出ていきたかったんだって。ようやく気づけた。

泣きたい気持ちも。

羨む気持ちも。

憤りさえも。

全部一緒くたでいい。

大切に殻に閉じ込めていなくても、もう壊れたりはしない。

だって母さんは、いつも言っていたじゃないか。人と人が触れ合う温もりは、本当に温かくて。全てを包んで癒やしてくれるものだって。

……だから、俺はもう。


「終了の時刻です。皆様、次の説法の開始までしばらくご休憩下さい」

終了の合図で意識が浮上する。でも、すぐには動くことができなかった。

「大丈夫ですか？」

「……はい。一旦私室に戻らせて頂いてもいいですか？　教官殿に宜しくお伝え下さい」

「承知いたしました。あまりご無理をなさらないように。まだ時間は十分にありますから」

「ありがとうございます。そうですね、しばらく休憩をとらせて頂くかもしれません」

私室に引き上げてログアウト。

現実に戻ってもすぐに切り替えができずに、どこか混乱している状態が続いていた。思ったより響いている。これは……少し気持ちを整理する時間が必要かもしれない。

§　§　§

《運営　管理モニター室》

〈ピーッ！　ピーッ！　ピーッ！〉

　警告を発する高い音が鳴り響いた。

「おい！　イエローアラームだ」

「了解。四番モニターに表示します」

　運営施設の管理モニター室で、プレイヤーの精神状態を捉える情動メーターが異常を示した。

警告カラーはイエロー。緊急ログアウトの一段階手前である。

「詳細が出てきました。えっと、場所は。王都のミトラス大神殿。なんだ、戦闘エリアじゃないのか」

「珍しいですね。非戦闘エリアの場合、大抵は解体訓練関係なのに」

「情動メーターが、まだイエローラインを越えたままだ。なかなか下がらないな」

「現在の状況は、上級職への転職クエスト中ですね。課題『黙想』を消化中とあります」

「『黙想』っていうと、あれか。『要注意』『要観察』マークが付いていたやつだよな？」

「そうです。この課題には、受ける対象によっては、心理面で大きく影響が出る可能性があると、注釈が付いています」

「……全く。そんな注釈が必要なものを作るなよ。一人目でイエローが出ているじゃないか」

「こういった人の心に働きかける課題は、やはり極めて慎重な運用が必要ですね。メーターがイエローのまま下がりません。というか、緩やかに上昇傾向にあるように見えます」

「ふーむ。こりゃアウトだ。すぐに調整を入れるように進言しよう。緊急ログアウトのリスクが高い案件として。このプレイヤーには、さっさとこの課題をクリアしてもらった方がいい。問題が起こらないうちにな」

　情動メーターが不安定になったプレイヤーに対しては、応急的な対応をすることになっており、その判断は管理モニター室に任されていた。

「具体的には、どうしますか？」

「とりあえず室長権限で、情動メーターの振れ幅に比例して、スキル取得経験値を上げてしまおう。それなら既に鋳型があるはずだ。すぐに対応できるだろう」

「それだとプレイヤーのログアウト待ちになりますが、修正を入れること自体は可能です」

「上には俺が事後報告するから、技術班へ連絡を頼む。最優先事項だって言ってな。確か他にもこれと似たような課題があったよな？」

「はい。まだ受講者はいませんが『瞑想』にも同じ注釈が付いています」

「つまり同じような調整がいるってことか。クソッ。こういうのは、ベータテストでちゃんと確認しておけよ。なんのためのアルファやベータなんだか」

「ＡＩで反応予測はしているはずですが、やはりＡＩの予測はあくまで参考に過ぎないってことですね。ＶＲはアバターこそ作り物ですが、中身は生身の人間なわけですから」

「全く忙し過ぎるぜ。管理モニター室の人員をもっと増やせよな。二十四時間シフトを組んで、もうカツカツじゃないか」

「技術班も帰れないみたいですよ。いつ行っても、誰かが床に転がっています」

「あの部署も苦労しているのか。後始末は、最終的にはあそこに行き着くからな。つまり悪いのは企画だ。あそこが元凶だ。リアリティ、リアリティって、あいつらうるせえんだよ」

「シナリオ構想班にも問題があると思います。以前から、趣味に走り過ぎるきらいがあると指摘を受けていますから。企画からきた話を、膨らませ過ぎるというか、故意に拡大解釈していますね、あそこのスタッフは」

「苦労するのは、実行する技術班と、尻拭いをする俺たちだな」

「そうですね。以前、解体訓練で緊急ログアウトが相次いだときは、本当にどうなることかと思って泣きたくなりました」

「あの時はマジで頭にきた。生々しい臓器の映像にリアリティ追求なんて、どう考えてもいらないだろう？　初心者が物事を習得する際には、踏まなきゃいけない段階ってものがあるんだ。それを適性も考えずにいきなりドカンとか。頭沸いてんのかって怒鳴っちまったよ」

「あれは見ていてスッキリしました。あの人たち、一般常識がなさ過ぎますから、あれくらい言って当然です」

「だよな。やつら全然こたえてなかったけどな」

「本当に図太いですからね、あの人たち」

「ＶＲでトラウマ作成なんて、洒落になんねえのがわかっていない。もしやっちまったら、あっという間にマスコミの餌食だよ。いくら娯楽産業とはいえ、昨今は社会的な責任、道義的な責任を無視できないんだ」

「自分たちが強靭な神経をしているから、そういった機微がわからないのでしょうね。一人くらい止める人がいてもよさそうなのに、揃いも揃って……あっ。メーターがやっと下がりましたね。どうやら課題が一旦終了したようです」

「大事にならなくてよかった。あとはプレイヤーのログアウト待ちだな」

「では、技術班へ連絡を入れてきます。早く対応してもらえるように、直接部署まで足を運びますから、戻るまでしばらくかかると思います」

「おう、宜しく頼む。さて。俺は報告書の作成だな。この事例のデータをダウンロード、保存してと……やれやれ。独り言が多くなっちまった。全く。第四陣の投入も間近だし、これでボーナスが増えなきゃ割に合わないってもんだ」

§　§　§

……はぁ。

こんなことは初めてだ。あれだけ楽しんで、時間があればログインしていたＩＳＡＯに、入るのを躊躇うなんて。

大学の構内。カフェテリアのガラス越しに見えるのは、澄み渡る秋晴れの空。そんな背景と

は対照的に、昴は先ほどから物憂げな溜息をついていた。それが、周囲の注目を浴びていると
も知らずに。
転職クエストに臨むために必要な【黙想】スキル。たかがゲーム、されどＩＳＡＯ。思いっ
きりゲーム内の課題に影響を受けてしまった。自分の最も弱い部分を、あっさり露呈してしま
った。それはあまり他人には見せたくないもので。だから悩んでいる。
亡くしてしまった人を偲び、懐かしく思う気持ち。それは透き通った結晶みたいにキラキラ
したものだ。でもそれとは裏腹に、押し隠していた別の気持ちも見え隠れしていた。
「なんで自分だけが」
「周りはみんな幸せそう」
「あんな風にしていられるのは、甘えられる人がいるからだ」
そんな他人を羨む気持ち。自分もそうだったはずの未来を、当たり前のように手にしている
人たちへの言いがかり的な否定感。
……あったんだな、俺にも。全然気づかなかった。
自分でも驚いている。自分は上手くやれていると思っていたから。我が儘を言って、父親に
負担をかけたくないという気持ちも本当で、親戚に同情されたくないという意地も確かにあっ
た。
……それが間違っていたのかな？
まだ十二歳の子供だった。もっと周りに甘えて、依存して、感情のままに泣き喚いてもよか

ったのかもしれない。でも。

やっぱりダメだ。そんなの俺じゃない。

もしそんな風に、素直に自我を曝(さら)け出していたとしたら、それはそれで、きっと後悔してしまったはず。

どうしよかなぁ、ログイン。あの続き……できるかな?

「よっ、昴。どうしたんだ？　何か悩みごとか?」

「……うん、まあね」

友人の雅弘(まさひろ)が声をかけてきた。もうそろそろ昼か。周りを見回すと、いつの間にか人が増えてきている。

「おっ、マジか。珍しいな。昴がそんな調子なのは。もしかして金欠とか？　金は貸せないが、割のいいバイトなら紹介するぞ」

「いや、それは大丈夫。ちょっと最近、いろいろと考えることがあって」

「もしかして、例の彼女となんかあった?」

「ないない。そっちはそれなりに順調……っていうのは言い過ぎか。でもいい感じで進展していると思う」

「それはよかった。なにせ『あの高瀬(たかせ)くんが、すっごくアンニュイな様子なの。もしかして失恋かな?』なんて、女子がヒソヒソやっていたから、心配しちゃったよ」

「えっ？　なにそれ」

「自覚がないみたいだけど、お前、結構見られているから。悔しいことに、綺麗どころの女子は軒並み、お前の様子をチェックしている」

「そんなことはないと思うけど、誰かに見られていたのか」

基本的に、群れている女性の視線はスルーする癖がある。だから気づかなかった。

「俺に聞かれてもいい話なら、相談に乗るけど？」

うーん。どうしようかな？　他人に弱みを見せるのって、正直言って苦手だ。でもせっかくだから、客観的な意見を聞いてみたくもある。

「……なあ。ちょっと変なことを聞いてもいいか？」

「いいぞ。昴がアンニュイのままだと、女子の話題を全部もっていっちゃうから。もちろん、俺も理由が気になる。これでも口は堅い方だ。なんでもいいから言ってみろ」

「俺ってさ、人に対して構えたり、取り繕ったりしているように見える？　あるいは虚勢を張っているとか」

「いや別に？　どちらかというと、素直というか一本気な方じゃないか？　好意には好意で返すし、裏表も特に感じない。強いて言えば、付き合う人間をざっくりフォルダ分けしている気はするが、それは俺も同じだから」

「雅弘も？　雅弘は誰でもウェルカムに見えるけど」

「それは精神修養のなせる技。さすがに、誰に対しても同じテンションを保つのは無理だよ。機械じゃないんだから」

「じゃあ、雅弘も誰かを羨ましいと思ったり、嫉妬したりすることはある？」

「あったり前じゃん！　持たざる者が持てる者を羨むのは、人間の本能みたいなものだ。なにせ神様は不公平だからな」

　神様は不公平。その言葉が、ストンと自分の中に落ちてくる。

「そう言われると、なんか妙に納得できるかも」

「だろ？　運・不運は残念ながら確率じゃない。全然平等じゃないんだ。ぶっちゃけ、めちゃくちゃ偏っていると思う。だからこそ、みんな少しでも上に這い上がろうとする。必死で足掻くわけだから」

「雅弘も足掻いてる？」

「もちろん。昴に集まる女子たちの視線を、ひとつでも多く俺の方に向けようといつも必死。鑑賞レベルのイケメンを友達に持つ、俺様の努力を知らないだろう」

「いつも女の子に囲まれているくせに、何を言ってるんだか」

「いやいや。天然イケメンのお前に対して、俺は努力型イケメンって呼ばれているんだぞ。頑張っているのに可哀相だろう！」

「雅弘はいい奴だし、格好いい！　俺はそう思ってるよ」

「よし！　男友達からの格好いい頂きました」

　こうやって話していると、思い詰めていたことが、なんでもない気がしてくる。やっぱり友達っていいな。みんなそれぞれに悩みがあって、でもこうして困っていると手を差し伸べてくれる。そっか。完璧な善人なんて目指さなくていいんだ。

頑張ってもどうしても取り戻せないものがあるなら、持てる者を羨んでみたっていいじゃないか。ものは試しだ。もっと力を抜いて、自分を曝け出して生きてみよう。

§　§　§

四日ぶりのログイン。ゲーム内では十日以上が経過している。

だいぶ間が空いたので、ログインしてすぐにステータス画面をチェックしてみた。何通かメールが届いている。そのほとんどはクリエイトの仲間たちからのもので、ログインしないことを案じる内容だった。心配をかけちゃったな。後で返事を書かなきゃ。

その他のメールは運営からのお知らせメールで、その中に、ひと際目立つメールが一通あった。［重要なお知らせ！］だって。いったいなんだ？

《［重要なお知らせ！］必ずお読みください。

プレイヤー名　ユキムラ様。

いつもＩＳＡＯをご利用頂き、誠にありがとうございます。

ユキムラ様が現在ご参加中の転職クエスト「輝煌祭」の仕様に、以下の修正が入りましたことをお知らせ致します》

「輝煌祭」の仕様の修正だって。今まさにやっている最中なのに、下手に修正されるのは困る。

いったいどんな変更だろう？

《・難易度調整（マイナス補正）
・スキル取得経験値調整（プラス補正）
難易度調整のマイナス補正により、修正前より難易度が低下し、攻略しやすくなります。
また、これまでの転職クエストにおいて、ユキムラ様が獲得されたスキル取得経験値は、既に新しい基準の元で再計算し、不足分を加算済みです。
このように修正が行われましたが、現在進行中のクエストの継続においては、全く支障はございません。
このたび、ご迷惑をおかけしたお詫びとして、次のチケットをアイテムボックスにお送り致しましたので、ご確認下さい。
・R以上確定／職業別　武器／防具／アクセサリ　ランダム召喚券（1）
・アイテム選択券〈食〉（3）
今後も引き続き、ＩＳＡＯをご利用頂きますよう宜しくお願い申し上げます》

ふむ。……悪くない。っていうか、明らかに易化だ。

「難易度調整」と「スキル取得経験値調整」の易化。つまり、ＩＳＡＯの鬼畜運営にしても、あのクエストは難し過ぎると判断したってことになる。

やっぱり。そうじゃないかと思ってた。

だってあの内容は、いくらなんでも行き過ぎだし、プレイヤーにかかる負担が重過ぎる。まだクエストをやり終える前に、こうして修正が入ったのは幸いだったかも。

丁寧なお知らせメールをくれたし、お詫びまでくれた。このクエストは、たぶん俺一人しかやっていないはずなのに。結構律儀（りちぎ）なのかな？　ここの運営って。

そしてお詫び！　クエストをやっていたからこそ配布されたわけだけど、いったい何かな？

なになに？　ひとつ目は、Ｒ以上確定の召喚券。うーん。またアクセサリが出そうな気がする。だからこれは後回しだ。よって気になるのは、ふたつ目のこれになる。

アイテム選択券〈食〉

こんなチケットは初めて見た。新製品かな？　だったら嬉（うれ）しい。早速（さっそく）選択リストをチェックしてみよう。

《ご希望のアイテムをひとつ選択し［確定］を押して下さい。
※［確定］後のキャンセル、交換はできませんのでご注意下さい》

［食材セット］
・最高級極上　特選「朦朦（もうもう）黒牛」焼肉セット①　秘伝・焼肉のタレ付き　合計２Ｋｇ
（ハラミ・ミスジ・三角カルビ・リブロース・シャトーブリアン・ミノ・ハツ）
・最高級極上　特選「朦朦黒牛」焼肉セット②　秘伝・焼肉のタレ付き　合計２Ｋｇ
（ランボソ・シンタマ・肩ロース・ザブトン・シャトーブリアン・タン・レバー）
・最高級極上霜降（しもふ）り　特選「朦朦黒牛」ステーキセット　合計２Ｋｇ

（ヒレ1Kg・サーロイン1Kg・特製ステーキソース1）
・「金冠鶏」焼鳥セット　合計2Kg
（モモ・ボンジリ・ナンコツ・手羽先・ツクネ・レバー・ハツ・砂肝・皮）・七輪コンロ
・採れたて野菜詰め合わせ　合計5Kg
（ピーマン・ナス・トウモロコシ・玉葱・椎茸・南瓜・トマト・人参・キャベツ）


うおぉっ。肉だ、肉！　それも高級肉だよ！

やばい、見ているだけでヨダレが出そう（VRなので出ない）。これは迷う。とても迷う。

一人で食べるなら、焼肉①・②とステーキセットで決まりだけど……いや、みんなで食べても同じか。鉄板で焼けばいいし、野菜は自分たちで用意すればいい。

そうだそうだ、そうしよう！

いや待てよ？　なにも使用期限があるわけじゃない（二度見して確認済み）から、今引かなくてもよくない？　だって、店で同じセットを売っているかもしれない。もっと買い足せるなら、景気よく焼肉パーティができる。となると、これは一旦保留にしておくか。

よし！　じゃあ戻って召喚券だ。

R以上確定というのが嬉しい。外れてもRだから、そこそこいいものが期待できる。当たりますように！　ポチッ。いつもこの瞬間がワクワクするよね。

……あれっ？　召喚陣ってこんな色だった？

虹色だ。まるでプリズムを通したみたいな、ぼんやりと滲む七色のグラデーション。こんなのは初めて見る気がする。今までは金色……だったような？　いや、どうだったろう？　はっきりとは覚えていないかも。でもなんか、今まで見てきたのとは違う。召喚時エフェクトの新しい仕様ですか？

・ＵＲ【パナケイアの螺旋杖】ＭＮＤ＋２００　ＬＵＫ＋80　耐久６００
※【状態異常治癒】【回復】【疾病治療】等の治療系スキル全般において、スキル効果を著しく上昇させる。また「奇跡」技の成功率を大幅に上げ、クールタイムを短縮する。

はいっ？　えっ！　ＵＲ！

マジか。Ｒ以上確定券で、こんなことってあるんだ。確かに「以上」なんだから、上限が設けられているわけじゃない。理屈的にはそう。でも実際には、召喚確率という高くそびえる壁がある。それなのに、その壁を突破して出ちゃったよ。

痛っ……くない。やっぱり夢？　俺寝てるの？　いやいや。何を言っている。ＶＲのアバターだから、そもそも痛いわけがない。痛覚設定ＯＦＦだもの。

ヤバイ。他に誰もいないのに、つい部屋の中をキョロキョロと見回してしまう。不意に運営のアバターが現れて「やっぱり間違いでした」なんてことないよね？

でも詫び券でこんなのが出ちゃうなんて、転職クエストの方は本当に大丈夫なのだろうか？　実はあれ以外に変な修正が入っていて、その意味でのお詫び？　いやなんかもう、すっごい心配になってきた。だってＵＲだぜ、ＵＲ。ウルティメイト、ウルトラ、そんなやつ。

これまで何回もR以上確定を引いてきて、最高はSSRだった。それもたった一回だけだ。SRも出たことがあるけど、同じく一回。あとは全て最低保証のR。だから、くじ運がない方だと思っていたのに。

もう一回確認してみる。……うん、確かにURだ。

いったん視線を外し、更にもう一度確認してみる。

やっぱりURで間違いない。表記の誤りってことでもなさそう。だって、付与ステータス値が明らかにおかしいし、そもそも効果がヤバイ。嬉しいけどヤバイ。

＊

心配しながら戻った転職クエストだったが、それは全くの杞憂だった。

再開してから間もなく、順調に【JP黙想Ⅰ】を取得することができている。これからレベルを上げていくのは大変だろうけど、JPスキルなだけあって強力なスキルだ。

【JP黙想Ⅰ】MND＋15　GP消費スキルの効果をスキルレベル×10％上昇。他のスキルによる強化の合計値を対象とする。※Pスキル枠＋1

その割に取得が早かったのは、修正でスキル取得経験値がプラス補正されたおかげかもしれない。お知らせに難易度も下がると書いてあったしね。

スキルにPスキル枠が付属していたのも、かなり嬉しい事態だ。まあ枠が増えないと、スキルを取得できないからだろうけど。

【黙想】スキルを取得したことを契機として、参加神官全員による合同練習が始まった。俺を入れて総勢七十五名。整然と三列に並び、唱和のリズムに合わせて同じ歩調で「歩く」「止まる」「歩く」を繰り返す。

かなり動きは緩慢だけど、これが案外難しい。

俺以外は皆さんとてもお上手です。ＮＰＣだけに、息がぴったり合っている。つまりこれって、俺のためだけの訓練なんだよ。うん。やっぱりそこはゲームだから。

いけない。雑念を払って集中しよう。周りと呼吸を合わせて同調することが大事だと、指導教官が言っていた。個ではなく全となれ。その心意気で。

日々訓練を続けたかいがあり、合同練習後に無事スキルを入手した。

【Ｊ共振感応Ｉ】ＭＮＤ＋10　集団で「祈り・聖歌」を捧げる際、相乗効果でスキル効果を増幅する。

時間はかかったが着実に前進している。そして今の俺のステータスは、レベルはとっくに80を超えていて「格★」もいつの間にかＭＡＸになっていた。つまりこれで、転職の下準備は概ね整ったということになる。

あとは全体予行演習をして、本番を待つだけだ。

2　ミトラス聖霊島

《ミトラス聖霊島（霊峰ミトラス）》

星の瞬きも月明かりもない、暗闇に覆われた霊峰ミトラス。まだ夜も明けぬ内から、その麓で入山の儀式が始まった。

神へ呼びかけ、祭礼の開始を予告して入山の許可を求める。これが一連の儀式の幕開けだ。

麓から山頂まで続く参道の入口には、一対の大きな篝火が焚かれていた。ユラユラと揺れる炎が、辺りに不規則な明暗を描き出す。出発を前にして、一糸乱れぬ所作で三列に立ち並ぶ、華やかな正装を身に纏った神官たち。彼らが闇夜に浮かびまた沈む様は、まるで一幅の絵巻物のようだった。

壮麗、壮観。まさにそんな言葉が当てはまる。

行列が動き出した。祈りながら進んでは立ち止まり「呼びかけの聖句」の唱和・「呼応の聖句」の唱和を行う。そしてまた進んでは立ち止まり、唱和・呼応を行う。この繰り返しだ。

重なり合った祈りの言葉が、参道脇の暗い斜面に細波のように広がり、跳ね返って木霊しながら、上空へと立ち昇っていった。

〈シャリィイ――――ン！〉

一斉に鳴らされる錫杖の音。杖頭に通された遊環が触れ合い奏でる清明な音は、浄めであると同時に、聴く人の迷いを打ち消す効果があるという。その残響の中を、行列は粛々と山頂へ向かって進んでいく。

行列の先頭を行くのは、露払い役の神官たちだ。参道を明るく照らすために、各自その手に紙灯籠を提げ、自らは闇に紛れる黒い装束に身を包んでいる。

次に、先導役である長柄の白い聖幟を掲げた神官の列。装束は白。

少し間を空けて、緑色の騎士服姿の神殿騎士たちが、同じ緑色の幟旗を掲げながら進む。

その後ろには、黄色い幟旗に先導された、黄色い典礼服姿の神官の列と、祭具を運ぶ白装束の神官の列だ。そして再び、緑色の幟旗を掲げた神殿騎士たちが現れる。

それに続くのが、いよいよ俺がいる本隊だ。

赤い聖幟を掲げた二名の神官と、その間に挟まれたクラウス典礼官。典礼服は赤で統一されている。その後ろには、この祭の執行者である俺。ミトラス大神殿から与えられた、聖銀色に輝く豪奢な典礼服を身に纏っている。両脇と後ろには、赤い典礼服の侍者八名が、俺を囲むように配置されている。

次の一群は、青い幟旗を掲げた供物を運ぶ青装束の神官と、奉納神楽を担当する神官の集団だ。殿は緑幟旗を掲げた神殿騎士の一隊となる。

参道を登り切り、総勢七十五名が山頂に揃う。

先行していた神官たちが、既に祭壇の設置を済ませてくれていた。

祭壇前から望む景色は、空との境目も判別できないほど真っ暗な海。モーリア湾の上空もまだ薄暗く、目を凝らせば、厚めの雲が空を覆っていた。

さあ「煇煌祭」の開幕だ。

〈開祭の言葉〉ここに集い、神の見守りの中で、祭礼を開祭できる喜びを告げる。

《ピコン！……を取得しました》

〈感謝祈禱〉神の来臨への感謝と賛美。

〈悔改の言葉〉人間の持つ罪への自覚を促し、世の中に絶えない不浄があることを告げる。

〈黙想〉自分自身を顧みて、神に赦しを求める。

〈赦しの言葉〉聖典に記されている「神の赦しの御言葉」を唱える。

〈聖句〉神から与えられている戒めの聖句を伝える。

〈賛美〉神との交わりに感謝し賛美する。

〈聖唱〉聖典に記されている神の言葉「煇煌の道標」を唱える。

〈感謝祈禱〉神を迎えられるこの場所に立ち会えることに、感謝を捧げる。

〈賛美〉神の御言葉が示され、神の御技がなされることを感謝し、神をほめ称える。

……いよいよだ。〈賛美〉の途中から、俺は行動を開始する。

〈救済〉救いが明らかにされ、福音が告げられる。

このタイミング！

祭壇の正面に立ち、天に向かって両手を掲げた。

左手には【パナケイアの螺旋杖】。この杖の特殊能力は「奇跡」技の成功率を上昇させること。どれくらいの効果を発揮するのか不明だが、これから起こること――俺が引き起こす現象も、傍から見ればひとつの奇跡には違いない。

唱えるのは「輝煌祭」の開祭と共に使えるようになった新技。クラウスさんが言っていた通り、儀式に間に合うように通知は来た。でもこんなギリギリとはね。心臓に悪いぜ、運営！

息を吸い込み、GPを込めてスキルを唱える準備をする。七文字四句で効果爆上げだ。

「光輝の回廊　神の庭園　その顕現を　我希う！【浄化】天燦階梯！」

言葉を発した瞬間、空を覆う厚い雲に切れ目が生じ、そこから、いく筋もの光の柱が海面へと降り注いだ。光柱は放射状に広がり、その輝きで雲を、虚空を、そして海を照らし出す。まさに神々の降臨ともいうべき奇跡。荘厳で、目に見えない存在への畏怖をかき立てる。そんな神秘的な光景が、眼前に広がっていく。

光の柱が降りた一帯の海面は、白い輝きを乱反射して眩く煌めき、目を向けるのも辛いくらいになっていた。

でもまだGPは残っている。……いっちゃうか？　儀式も終盤。もう残しておいても仕方がないから、景気よくいっていいよね？　よし、いっちゃおう！

もっと輝け！　もっとだ。パワー全開。残りの全GP投入！

あれ？　あっ、うわっ！　ヤバッ……いかも。

神々しい奇跡の舞台から一転、目の前の光景は、激しい閃光が錯綜し乱反射する、まるで宇宙戦争のような凄まじい様相に変化していた。

レーザー砲の集中砲火ってこんな感じ（見たことはない）？　その極大にぶっといやつが、めっちゃ沢山バビューンバビューンって。うわっ……ちょっと、ちょっとだけやり過ぎたかもしれない。予想外の事態に、恐る恐るクラウスさんをチラ見する。

……怒っていない？　表情は特に変わっていない。なら大丈夫。たぶん大丈夫。きっと大丈夫（大丈夫だと言って、お願い！）。

〈祈禱〉　神の奇跡がなされたことに感謝を。
〈賛美〉　これからも神の御心に沿い続けることを願う。
〈信徒信条〉　神の支配とその恵みに応え、神を讃美する。
〈供物奉納〉　神の栄光のために献身を決意し、そのしるしとして奉納を行う。
〈天の祈り〉　天より人々を見守り続け、救いの手を差し伸べて下さる神に感謝する。
〈祝福〉　祝福の言葉
〈黙禱〉　共に神を礼拝することのできた恵みを覚えつつ、しばらく黙禱。
〈閉祭の言葉〉　ここに全ての儀式が終了したことを告げる。

一時は焦る事態になったが、なに食わぬ顔をして儀式を続けた。そしてようやく、全ての儀式が終わった。よし、撤収だ。

ミトラス大神殿に戻って「叙階式」を受けると、職業の後ろに付いていた（仮）っていうのが取れて、正式に位階が上昇した。

これで俺も上級職だ。とうとうここまで来た。なんか感慨深いな。上級職になると、それまでの活動に見合った称号をもらえると聞いている。どんな称号になるのか、見るのが楽しみだ。

◆ステータス（杖装備時）

［ユーザー名］ユキムラ［種族］人族［職業］首座正大司教（格★）［レベル］85

［特殊称号］『敬虔』『光芒の砲撃主』［称号］『祈禱者』『聖神の使徒』『調理師免許』

［HP］700［MP］460［GP］4800

［STR］185【25】＝210［VIT］215【135】＝350

［INT］255【65】＝320［MND］1535【865】＝2400

［AGI］195【85】＝280［DEX］300【0】＝300

［LUK］260【120】＝380 Bonus Point 35↓0

上級職ランクアップBonus Point 200↓0

《職業固有スキル》

【戦闘支援】身体強化　精神強化　属性強化　状態異常耐性　天衣無縫

【結界】結界　範囲結界　拠点結界　聖籠　至高聖域

【浄化】浄化　範囲浄化　聖属性付与　祝聖（生物に聖属性付与）　天燦階梯

【状態異常治癒】毒中和　麻痺解除　衰弱解除　混乱解除・魅了解除　全状態異常解除
【回復】回復　範囲回復　持続回復　完全回復　蘇生回復
《スキル》
【ＪＰ祈禱Ⅹ】【ＪＰ黙想Ⅰ】【ＪＰ☆秘蹟Ⅰ】【ＪＳ疾病治療Ⅷ】
【Ｊ教義理解Ⅸ】【Ｊ聖典朗読Ⅷ】【Ｊ説法Ⅵ】【Ｊ聖典模写Ⅵ】【Ｊ聖水作成Ⅷ】
【Ｊ儀式作法Ⅶ（聖職者）】【Ｊ礼節Ⅶ（聖職者）】【Ｊ天与賜物Ⅵ（聖職者）】【Ｊ聖餐作成Ⅶ】
【Ｊ聖歌詠唱Ⅲ】【Ｊ聖文暗唱Ⅱ】【Ｊ辞書（聖）Ⅲ】【Ｊ聖霊石作製Ⅱ】【Ｊ共振感応Ⅰ】
【Ｐ頑健Ⅳ】
【Ｓ棒術Ⅸ】突き　打撃　薙ぎ　連撃　衝撃波　【Ｓ生体鑑定Ⅳ】【Ｓフィールド鑑定Ⅲ】
【Ｓ解体Ⅳ】
【速読Ⅸ】【筋力増強Ⅵ】【調理Ⅹ】【気配察知Ⅳ】【暗視Ⅳ】【清掃Ⅱ】【採取Ⅰ】【水泳Ⅱ】
【釣りⅠ】【魔物図鑑Ⅰ】【植物図鑑Ⅰ】【動物図鑑Ⅰ】【アイテム図鑑Ⅰ】【方位磁石Ⅰ】
【不動心Ⅲ】【持久走Ⅲ】【登攀Ⅲ】【採掘Ⅰ】
《加護》【井戸妖精の眷顧】【図書妖精の眷顧】【聖神の加護Ⅹ】
《装備》
ＳＳＲ【至聖のローブ】ＳＳＲ【輝煌聖銀の典礼服】
ＳＲ【輝煌の飾り帯（肩）】ＳＲ【輝煌の飾り帯（腰）】ＳＲ【輝煌の飾り帯（腕）】
ＵＲ【パナケイアの螺旋杖】

SR【隼風のブーツ】　SR【聖紫銀の胸当て】　SR【聖紫銀のガントレット】
《アクセサリ》
【聖典★★★★★★★】
R【慈愛の指輪】　SR【金碧輝煌玉のロザリオ】　N【星霜の護符】
SR【ルーンの指輪】　R【慧惺のロケット】＋R【聖霊石（旧）】　N【水精の護符】
SR【万雷の首飾り】　R【雨燕の指輪】　R【螺旋の腕環】
N【開運の木彫りブローチ（山葡萄）】　N【開運の木彫りペンダント（山葡萄）】
R【学位記・神学】
《色妖精（白）》メレンゲ　LV2［HP］10［MP］10
【渾天のドレス（翼）】【妖精の接吻Ⅱ】
《装備外》【通行許可証（墓陵遺跡）】
《設置アイテム》【招運の木彫り置物（猫）】

3　冒険者ギルド

上級職への転職が無事終わり、やっとひと息つけた。

全く手付かずの王都観光をするにも、やっぱり一人じゃつまらない。でも、他の仲間はまだ転職クエストの真っ最中だ。自分も大変だったたが、生産職の転職クエストもかなり面倒で時間がかかると聞いている。

俺が転職クエストにかかりっきりになっている間、トリム近くの牧場で乗馬体験ができるようになった。新規レジャーコンテンツとして、クワドラ沿岸に「船釣り」が、魚人の集落近くの川に「川釣り」が実装されている。

面白そうだけど、せっかく遊びに行くなら仲間と一緒がいい。だから、みんなの転職クエストが一段落したら誘ってみようと考えている。

こうなってみると、フレが少ないことを実感する。でもそれも当然で。神殿でＮＰＣと過ごす時間がやたらと長いから、他のプレイヤーとの接点があまりなかった。

神殿にこもっていないで、外に出てみれば？

……メレンゲ。それ、めっちゃ正論過ぎる。

うん、決めた。流されるばかりじゃなくて、たまには自分から動いてみるか。じゃあ、ご奉仕の依頼が来る前に、逃亡……じゃなくて早速前向きに行動だ。

とりあえず冒険者ギルドに行ってみることにする。クラウスさんと一緒に王都入りして、そのまま転職クエストになだれ込んでいたから、王都の街の探索は手付かずのままになっていた。今までは、そんな余裕が全然なかったから。だから、いつもなら街に着いてすぐにやっている、資料室のチェックもまだ済んでいない。

まずは資料室へ。それが終わったら街の観光かな。王都というくらいだし、ショップを見て回るだけでも、意外な発見があるかもしれない。

《王都　冒険者ギルド》

ギルドホールには、驚くほど沢山のプレイヤーがいた。

入った途端、やけに視線を浴びる。神官が珍しいわけでもないだろうに、なんでかな？

人の出入りが多くて、随分と活気があるのは、仲間探しとか？　あるいは、俺みたいに転職クエストで来ているのかもしれない。それともご新規さんとか？

いや違うだろう。第三陣が来てからもう二カ月近くになるし、さすがに新人と呼べるような人はいないはず。……ダメだな。すっかり転職クエストボケをしているみたいだ。他のプレイヤーの動向が全然わからなくなっている。これは買い物に行く前に、少し情報収集をした方がよさそうだ。

えっ？　あっちに食堂があるよって？　メレンゲ、もうお腹が空いたの？

うんうん、わかった。ペッコペコで、背中とお腹がくっつきそうなわけね。じゃあ、まずは食堂に寄っていこうか。

そう言ったら、メレンゲがクルクルと宙返りをしながら喜びの舞を踊り始めた。

「なにあの子？　なにかのパフォーマンス？」

「色妖精に、あんな芸を仕込めるんだ」

「芸能職なら可能とか？」

「でもあの色妖精、どう見ても白いよ」

「じゃあ、側にいる地味な神官が持ち主か」

なんか一気に注目を浴びてしまった。キラキラ光りながら動き回るメレンゲは、かなり目立つことは確かだ。メレンゲはいつもこんな感じだけど、他の色妖精は違うのかな？

「じゃあ行くよ。メレンゲの好きなものを頼んでいいから」

転職クエストの最中は、メレンゲを引っ込めていることが多かった。だから、お詫びになんでもご馳走しちゃう。俺ももちろん付き合うよ。

だって、王都の名物料理がなんなのか、チェックしないといけないからね！

王都の食堂は、さすがというべきか、とても洗練されていた。まるで都内の小洒落たカフェみたいだ。こうして手に取ったメニューも、同じく小洒落た装丁がなされている。

期待を込めてメニューを開くと。

・「ふわふわスフレパンケーキ」王女様の幸せ　蕩ける愛情クリーム＆木苺ソースを添えて
・「王子様のキッシュ」金冠鶏の産みたて卵と太陽の恵みの豊恋草を使って
・「魔女風ドロドロ窯焼きドリア」季節野菜と香草鳥のトマトクリーム遊び
・「常勝将軍の好物　ジューシーソーセージ盛り合わせ」二色の友情ソース付き
・「四種の芳香チーズの王冠風窯焼きピッザ」森の宝石・黄金に煌めく糖蜜添え
・「ギュッと搾りたて　ビビッとくる果物ジュース」弾けるトキメキのパッション

一通り目を通したところで、無意識にメニューをパタンと閉じていた。

目の錯覚じゃないよね？　王子？　王女？　魔女に友情。宝石に黄金にパッションときた。

……うん、きっと美味いはず。名前で判断しちゃダメだ。それはわかっている。

だってこれ、おそらくプレイヤーメイドだから。じゃないと、こんな創作的な料理名にはならないはずだ。だとしたら、製作者の【調理】スキルのレベルは高いはずで。味は保証されているはず。はず・はず・はずの予想だらけ。

よし！　なんか頼んでみよう。どれがいいかな？　再びメニューを開くと、メレンゲが一カ所をツンツンしている。

これが食べたいの？　ふむ、いいかも。この中では一番普通に見えるし、リアルじゃ絶対に食べに行かないだろうから。

「すいません。スフレパンケーキをふたつお願いします。コーヒーと紅茶のセットで」

「はーい。ただいまお持ちしまーす」

お待ちしまーすの返事をもらった直後、本当にすぐに出てきた。

しかも出来立て。スフレって確か、時間が経つとペショっと萎んじゃうから、リアルだと注文を受けてから焼くって聞いたのに。

でも。はふ。美味いな、これ。はふ。

あっつ熱のふっわふわだ。生地のキメが細かくて、くちどけは滑らか。愛情たっぷりらしい生クリームは、緩く溶けかかってミルク感に溢れ、濃厚なのに甘さ控えめ。木苺の甘酸っぱさと特有の香りが口の中に広がる、モグモグ。モグモグ。モグモグモグモグモグ。

あっという間に完食しちゃった。これ、レシピあるのかな？　あったら欲しい。メレンゲも気に入ったみたいだし、自分でも作ってみたい。レシピ屋を後で覗きに行こう。

食後のコーヒーも、深煎りでフルボディ。本物顔負けだ。これなら、コーヒーミルやドリッパーも、探せばどこかに売っていそう。ＩＳＡＯは、食べ物関係の再現度が凄いって評判らしいけど、それも納得の作り込みだった。

コーヒーを飲み終わったら出るか。そう思っていたら、食堂の入口に影が差して、複数のプレイヤーが入ってきた。

「はーっ。疲れたな。いい加減、先に進みたいぜ」

「このエリアは、移動に手間がかかる割に実入りが少ないよな」

「だよなぁ。トリムの北でキャンプして、馬を狩っていた方が儲かりそうだ」

「まあ、あれはあれで面倒だが」

どうやらパーティっぽい。話の感じからすると攻略組かな？

「勢い込んで王都に来たものの、まだあまりマップが拡張されていなかったのが痛い」

「次のアップデート待ちかもね。あっちもこっちも行き止まりだもの」

「俺的には、あの川が怪しいと思っている。川幅が広いし、マップを見ると上流まで遡れそうだ。俺がゲームの製作者だったら、絶対にあそこに何か仕込む」

「あなたの勘って、いつもは当たるのにね。でも今回は珍しく外れかしら」

俺が行ったことのない最新のマップの話みたいだ。

攻略組が広げたマップを、日頃何気なく利用している。でもこうして話を聞くと、やっぱり大変な作業なんだな。先を行く皆さんに感謝です。

「うーん。街の外はマップの拡張待ちとして、街中には、もっと未発見のイベントや施設があってもおかしくない気がする」

「同感。これだけ広い街なら、『始まりの街』の下水道クエスト的なものが起きてもいいよね」

「でもあれは街イベントの一環でしょ。次の第四陣追加の大型アップデートで、また街イベントが来るわよ。きっと捻りのない色妖精イベだろうけど」

「そうなると、既に色妖精を持っているプレイヤーには、あまり参加する意味がないんだよな」

「そう。その辺りを、もうちょっとなんとかしてほしいわよね」

色妖精イベント。確かに第一回と第二回は、ほぼ同じ内容だった。だから、彼らがそう思うのも無理はない。

「下水道……なるほど地下か。この街の地下に潜っている連中っているのか？」

「この間、情報屋に会った時に確認したら、ここの地下は下水道じゃないと言われた。採石場跡だって。まだマップを埋めている最中らしいが、かなり広いみたいだ」

「それなら、クエストが何個か落ちているかもしれないな」

「でも地下道じゃ嫌だな。狭いところは身動きしにくいから」

「それはお前が、そんなでかい剣を振り回しているからだろ」

「いいだろ別に。こういうプレイがしたくてゲームをやっているんだから」

「そういえば、剣と言えばさ……」

地下道だって。それに採石場跡？

薄暗いところって、今までの傾向から言うと俺の得意分野なことが多い。ここの地下はどうかな？　まだ調査中みたいだけど、マップって買えるもの？　資料室を覗いた後で、受付に聞いてみよう。

ギルドの受付で、街の地下マップを入手可能か聞いてみた。すると。

「申し訳ありませんが、まだ地下マップの販売はしておりません。ですが、マップ作成のための調査依頼が出ていますので、ご参加をご検討されてはいかがでしょうか？」

そう返事が返ってきたので、早速タッチパネルで依頼をチェックしてみた。

◆【調査依頼】依頼No．６０００１７８１
［依頼目的］マップ作成とフロア調査　［場所］王都・地下道
［募集人数］15名（最低催行人数　５名以上）［募集状況］12／15名
［募集資格］ＬＶ45以上　上限なし
［調査時間］ゲーム内時間で７時間程度の見込み（状況により変更する場合あり）

［報酬］　作成マップの提供
※調査中のドロップ品や拾得物は各自の所有物とする。但し物品の調査のために、各種鑑定スキルの使用や、物品の一時預かりをさせて頂くことがあります。ドロップ品以外に宝箱が見つかった場合は、依頼主が回収致します。
［受付］　随時。募集人数が集まり次第出発。※最終締め切りはゲーム内時刻○時
［集合場所］　王都・冒険者ギルドホール
［依頼主］　情報クラン「賢者の集い」
［必要開示情報］　ＬＶ・職種・武器種・プレイヤー名

あった、これか！　依頼主のクランは、確か以前レイドで一緒だったところだ。ちょうど手持ち無沙汰だし、物は試しに行ってみますか。

［参加申請］　ポチッ。

《【調査依頼】　依頼Ｎｏ．　６０００１７８１　［依頼主］　情報クラン「賢者の集い」に参加申請をします。必要開示情報を入力して下さい》

ＬＶは85。職種は「支援系」で「神官職」。武器は「棒」で「ユキムラ」。これでよし。

あとは向こうからの連絡を待てばいい。まだ締め切りまで時間はあるけど、もうすぐ定員になりそうだから、暇つぶしに資料室で待っていよう。

《【調査依頼】依頼Ｎｏ．６０００１７８１への参加が決定しました。集合場所に移動して下さい》

おっ！　きたきた。

残りの資料もあらかた見終わったし、ちょうどいいタイミングだ。下の階に移動しよう。

「地下道調査依頼の集合場所はこちらです。参加者の皆さんはお集まり下さい」

バスガイドさんみたいに、手旗を振っている人がいる。あそこみたいだ。

「参加者の方ですか？」

「はい。ユキムラといいます」

「ご参加ありがとうございます。今回は三班に分かれての調査になりまして、ユキムラさんはＡ班です。調査中は、目印にこの腕章を腕に巻いて下さい。腕章は班ごとに色違いになっています。どの班も、パーティリーダーは『賢者の集い』のメンバーが務めますので、何卒ご了承ください。参加者が集まるまで、もうしばらくお待ちください」

指示された場所で待っていると、リーダーらしき男性の呼びかけが聞こえてきた。

「赤の腕章のＡ班集合。こっちに来てくれ」

わらわらと、その男性のところに参加プレイヤーたちが集まる。

「俺がこの班のリーダーを務めるココノエだ。よろしく頼む。このＡ班は、参加プレイヤーの中でも特にレベルが高い者たちが選ばれている。従って、調査では他の班に先行することが多くなると思ってほしい。まずはパーティメンバー同士、自己紹介をしていこう」

「じゃあ、俺からいいか？　オオガネという。レベルは68。剣士をしている。このメンバーなら前衛を務めることになると思うが、皆さんよろしく」

いかにも剣士然とした、体格のいい長身の男性の挨拶を皮切りに、次々と簡単な自己紹介が始まった。

「アカギだ。レベル72。槍士をしている」

「カナタです。レベルは65。盾士です」

「ユメミよ。見ての通りの魔法職。レベルは66。カナタとはパーティを組んでいるわ」

そして俺の番がきた。

「ユキムラです。支援系の神官をしています。レベルは85です」

そう言った途端、なぜか周囲でどよめきのようなものが起きた。

「85だって？　マジか。めっちゃ高え。それも支援系神官とはね」

「ユキムラ君は、今回の参加者の中で最高レベルだ。応募を見たときはさすがに驚いたよ」

あれ？　なんだろうこの反応。

「あなたは、なぜこの依頼を引き受ける気になったの？　45から65位が適正レベルだと思うけど」

知らなかった。適正レベルが20も下だなんて。でも募集には、適正云々なんて書いてなかったはず。それともそれが常識なの？

「えっと。王都のことをあまりよく知らないので、いろいろ見て回ろうかと思ったから？」

正直に応募理由を答える。見て回るのが地下になったのは成り行きだけど。

「観光気分？　王都には来たばかりってこと？」

観光気分か。それは否定できない。そんなのじゃ困るって、怒られちゃうかな？

「いえ。王都に来たのはだいぶ前ですが、時間が今まで取れなくて」

「リアル事情とかで？」

えっ？　そこまで突っ込まれるとは思わなかった。臨時パーティを組むのに、その情報って必要ですか？

「おっと、ストップ。お互いへの個人的な詮索はなしにしてくれ。今から会議室で地下道調査についての説明がある。案内するから一緒について来てほしい」

違ったみたいだ。そして助かった。

初対面なのに、みんなグイグイくるな。野良パーティに参加するは今回が初めてだから、勝手がわからずに戸惑ってしまう。ついていけるかどうか、少し心配になってきた。

《冒険者ギルド会議室》

前方に、作成中の地下道マップが掲示されている。現在確認されている地下道への入口は、たった一箇所。王都市街地の中心にある、古い建物の中にあるらしい。

入口は一箇所でも、既に判明しているマップから予想すると、全体像はだいぶ広そうだ。

「入口から地下へ降りると、やや広めの空洞に出る。そこを中心に東西南北の四方向、十字方向に地下道が伸びている。この地下道はおそらく坑道で、広い地下空間は採石場の跡地だと推測している」

採石場の跡地。それがなぜか都市部の地下に。

坑道タイプのダンジョンか。冒険者ギルドの食堂で耳にした通りだったな。でも作成済み部分のマップを見ると、道がやたらと分岐している。うーん。一人だったら、確実に迷いそう。

「四本の坑道は全て、直線状に進んだ先で一旦左折して卍を描く。そこからは不規則に分岐が始まり、道も真っ直ぐではなく、かなり曲がりくねっている。予備調査の段階で判明したのはここまでだ」

予備調査か。ここまで把握するのに、依頼主の情報クランの人たちって、いったい何回調査を行ったのだろう？

「そこで、この十字を境に四つのブロックに分け、ブロックごとに本格的に調査を開始した。それが先日の第一回調査にあたる。その調査では、手始めに北東ブロックを調べている。その結果がこれになる」

内部の写真が前面の白い壁に映し出される。すごいな。これはスキル？　あるいは撮影できる道具があるのかな？　まるで映写機のように明瞭な映像が投射されている。

そしてその映像を見れば、採石場だったというのも納得だ。

成形された大きな石材がきっちりと組まれ、坑道として整えられている場所がある一方で、ゴツゴツとした剝き出しの岩肌をさらしている空間もある。床に切り出した石が積んであったり、石で作ったオブジェが置いてあったりはするが、生活感らしきものは全くない。

「北東ブロックは、横道の分岐が多くてまるで迷路のようだった。他のブロックも似たような構造の可能性が高いから、調査中はくれぐれもはぐれないように気をつけてくれ」

坑道内は似たような景色ばかりが続くが、ゲームらしく所々に目印になりそうなものもある。例えば、休憩スペースとして使えそうな石壁を大きく削った空洞や、複雑な曲がり角に置かれた人や動物を模った彫刻など。

「出現モンスターは、鼠・蝙蝠・蜘蛛・百足・蛇・蜥蜴が確認されている。鼠と蝙蝠は群れでいることが多いので、一匹でも見かけたら要注意だ。袋状になっている空洞から急に襲いかかって来ることもあった。だから不意打ちには十分に警戒してほしい」

こうしてモンスターの種類を聞くと、毒や麻痺を持っているものが多いのに気づく。

ここの運営は、状態異常が好きなのは間違いない。あるいは、暗い場所の定番として決めているのか。それとも、自分の適性を考えて、そういう場所ばかり選んでプレイしているから、余計にそう感じるのかな？

「坑道の途中には、天井が高いドーム状の空洞が開けていることがある。そこにはダンジョンの『中ボス』クラスのモンスターが待ち受けている。前回の調査では、その『中ボス』を倒したところでアナウンスが流れ、地続きの新たなマップが解放された」

つまり。倒すたびに、どんどんマップが広がっていくってわけだ。

「中ボスは三体。全部倒してたどり着いた最奥の大空洞には、このブロックのエリアボスである『百足王ヘカトンケイル』がいた。遭遇すると討伐アナウンスが出て、戦闘が開始される。今回は南東ブロックの調査になるが、同じような遭遇戦になると考えられるから、心しておいてほしい」

さすが情報クランだな。ここまで調べちゃうなんて。中ボスを三体倒したら大ボス登場だって。一ブロックにつき四体。それがあと三ブロックもあるから、討伐済みの分を合わせて合計十六体。王都の地下は化け物だらけってわけか。

「以上だ。基本的にはパーティリーダーの指示に従って行動してもらう。リーダーは全員、探査スキルを持っている。これまでの調査では、罠が仕掛けられていたことはなかった。だが今回もそうとは限らない。従って、個人行動は極力とらないようにお願いしたい。何か質問はあるか？」

「出現モンスターを聞くと、入念な状態異常対策がいると思いますが、治療アイテムは自前というか、参加者の持ち出しになりますか？」

「毒消し・痺れ消し・毒中和薬・麻痺解除薬については、リーダーがそれなりの本数を所持している。当然、状況に合わせて使用する予定だ。状態異常に関しては、個人的なアイテムの持ち出しは基本的にはない。ただ、パーティメンバーに神官職がいる場合は、スキルを使って治療してもらうことになる」

なんか視線が痛い。気のせいではなく、ばっちり俺を見てるよね？　確かにこんな敵ばかりじゃあ、神官がいた方が便利というか必須。俺ってまさに予想外の鴨葱なわけか。

「回復薬やＭＰ回復薬の配布もありますか？」

「それについては、基本的には個人持ちになる。だが、中ボスクラス以上のボス戦になれば、必要に応じて配布することもある」

「他に質問は？　……ないようなので、これで事前説明は終了とする。早速出発するので、班ごとに集合！」

４　地下道

《地下道入口》

入口から建物内部に足を踏み入れると、下へ続く石造り（いしづく）の螺旋（らせん）階段が目に入った。これを降りていくわけか。

一列になって、一段一段、足元を確かめるようにして降りていく。螺旋階段は幅やステップが狭い上に、表面がじっとりと濡（ぬ）れているように見える。うっかりすると足を踏み外してしまいそうだ。

……思ったより長いな。

ざっくり数えた感じでは、軽く百段以上はあったと思う。あとどれくらいだろう？　気になって螺旋階段の中心から下を覗（のぞ）き込むと、下のフロアまでは目測で二〇メートルくらいの高さがあった。

周囲は薄暗く、ひんやりと湿った空気が充満している。降りていく途中の壁からは地下水が染み出していて、ジメジメしている上に肌寒さまで感じるようになってきた。

階段を降りきると、門を模った石造りの入口が目の前にあった。上部に嵌め込まれた石版に、何か文字が書いてある。

……読めないな。見たことのない文字だから当然だけど。

「あれは、なんて書いてあるんですか？」

「古代文字で『止まれ！　ここは死者の国への入口だ』という意味らしい。何かいわくありげだろ？」

確かに。でもどういう意味だろう？　単なる演出？　地下の採石場の入口に、死者の国だという案内。何か意味があるのかもしれないが、あまり趣味がいいとは言えないな。

なんとなく首を竦めて入口をくぐると、やや広めのホールに出た。ここもやはり薄暗くてジメジメした感じがする。

ホールの壁には、入口以外に、人が二、三人並んで通れそうな横穴が四カ所開いていた。これが説明にあった十字路だろう。

「では、ここから班ごとに分かれての行動になる。先行するのはA班だ。最初の分岐でB・C班とは別行動になる。B班とC班は協力し合って横道の調査をお願いしたい」

A班の先頭はリーダーのココノエさんで、索敵をしながら慎重に進んでいる。次に剣士のオオガネさんと盾士のカナタ君。次が魔法職のユメミさんと俺。殿が槍士のアカギさんという陣形だ。

俺の位置はいわゆる後衛ポジションで、前後を守られてかなり安全な位置にいる。いつもは物理職ばかりのパーティだから、こういう並びはちょっと新鮮かもしれない。

道中には鼠と蝙蝠が現れたが、周りがすぐに倒してしまうから、俺の出る幕が全くない。

……なんか暇だな。

しばらくしてB・C班とは横道で分かれ、A班の単独行動になった。

「後衛は、何もすることがないですね」

退屈になったのか、ユメミさんが話しかけてきた。

「そうですね。いつもは牽制役で前に出ているので、なんだか勝手が違います」

普段は魔法と弓を使うアークとトオルさんが後衛に回り、俺は近接で棒を振るうことが多い。

「ユキムラさん、自己紹介では支援職だって言ってましたよね？　それなのに前衛をしているんですか？」

「支援職が本職ですが、普段は棒術で戦っているので」

「それって、殴り神官っていうやつですよね？　ユキムラさんは体格がいいし、そういう戦闘スタイルも似合いそう。戦っているところを見てみたいな」

ユメミさんのそのセリフに、カナタ君が一瞬こちらを振り返った。俺たちの会話が気になっている様子だ。

「えーっと、殴り神官とはちょっと違うかも。棒で殴ったり突いたりもするけど、基本的には回避中心で、前衛で体を張っているわけではないので」

「そうなんですか？　それにしても、支援職でレベル85って凄いですね。どうやってそこまで上げたんですか？」

「第一陣なので、頻繁にログインしていたら、いつの間にかという感じです。いつもパーティを組んでいる生産職の仲間も同じくらいですよ」

「そっかぁ。第一陣だと、みんなそれくらいなんだ。やっぱりまだ差が大きいな」

「ユメミさんとカナタ君は第二陣ですか？」

「そうです。パーティメンバーの希望で王都に来たんですけど、失敗したかも」

カナタ君がビクッとしたのが目に入った。ユメミさんの言葉に反応したんだろうな。

「失敗ですか？」

「そう。それなりに時間をかけて探したのに、ここって魔法関係のクエストが全然なくて。『王都』っていうから、少しは期待していたのに」

ああ。失敗って、転職関係でつまずいているって意味か。

「魔法なら、ユーキダシュの方が、関連クエストがあるかもしれないですね」

「ですよね。私も本当はユーキダシュに行きたかったんです。ユキムラさんは、行ったことってありますか？」

「あります。かなり長いことあの街にはいました。王都よりも大きな街ですよ。いろいろな専門施設が一通り揃っているから、たぶん観に行くだけでも面白いです」

「やっぱり、そう聞くと行きたくなっちゃうな」

どうやらパーティメンバーの意向を優先したせいで、自分の職業クエストが遅れているという状況らしい。そのパーティメンバーの一人であるカナタ君が、見るからにソワソワし始めた。

だから、ここでちょっと助け船。

「ただ、ユーキダシュで転職絡みのクエストを受けるには、紹介状を持っていくのが基本みたいです」

「えっ？　紹介状が要るんですか？」

「必須かどうかはわかりませんが、紹介状がないと、まずどこに行って誰と会えばいいのか見当がつかないと思います。それくらい大きな街なので」

「そうなんですか。じゃあ、紹介状を手に入れるのが先ですね」

「魔法職の場合は、魔術の塔への伝手を探す必要があると思います」

「うーん。どこに行けばいいんだろう？」

「どこかの街で、魔術関連のクエストを飛ばしてしまった覚えはありませんか？」

「街は結構スキップしちゃっています。それもかなり駆け足で。レベル上げのためにフィールドにいることが多かったから」

「じゃあ、街で過ごすことはあまりない感じですか？」

「そうですね。街は装備の更新の時か、冒険者ギルドに用があるときに寄るくらいかな」

なるほど。戦闘系の固定パーティならではのプレイスタイルなわけね。
こんな風に話しながら進んでいたら、とうとう中ボスクラスのモンスターと接敵（せってき）した。

「サーペントだ。まず間違いなく毒か、あるいは猛毒を持っているだろう。ユキムラ君、治療を任せてもいいか？」

「はい、承知しました。ご希望があれば、状態異常耐性もかけますよ」

「それは是非（ぜひ）お願いしたい。というわけで、もう毒は恐れなくてもよくなった。後衛の二人には後ろに下がってもらう。前衛は巻き込みや尾による振り払いに気をつけながら、バンバン攻撃だ。準備は……いいみたいだな。では行こう」

みんなレベルが高い攻撃職なだけあって、かなり戦闘慣れしている。臨時パーティなのに、お互いの距離の取り方が凄く上手（うま）い。

攻撃を繰り返すと、攻撃した人は一定の確率で毒や猛毒の状態異常をもらってしまうが、それを後衛から治療するだけのとても楽な仕事に徹する。

「うげっ。猛毒だ。神官さんお願いします！」

「こっちも猛毒くらった。ヘルプヘルプ」

「ありがとう。また行ってくる」

攻撃してては猛毒をくらい、俺のところに来て治療を受け、また攻撃に出る。ぐるぐるぐるぐる。円を描くみたいに周回する様子は、連続記録を競う大縄跳（なわと）び大会を彷彿（ほうふつ）とさせ、やけに規則正しい順繰りの作業になっていた。

「お高い中和薬を使わずに済んで助かるよ。やっぱり本職がいると全然違うな」

「毒さえ対策できれば、こっちのものだ」

いったい何回スキルをかけたかわからないくらい猛毒を治療したが、凄く喜んでもらえたのは確か。忙しかったけど、やりがいはあったな。

《「サーペント」を倒しました。王都地下マップの一部が解放されました》

勝利アナウンスが流れた。

「これで、この先へ進めるようになる。先ほど、B・C班から連絡が入った。あちらもサーペントと接敵し、これから戦闘に入るそうだ。あちらの戦闘の状況が判明するまで、俺たちA班はここで休憩とする」

休憩だって。じゃあこの間に、ドロップ品でもチェックするか。

雑魚モンスターを倒したとき、経験値は全員に分配されるが、ドロップは討伐者にしか落ちない仕組みだ。でもボスクラスのモンスターの場合は、パーティを組んでいる非戦闘メンバーにもドロップが落ちる。

ここまでずっと攻撃には参加していないから、攻撃職に比べて実入りは少なめ。だけど、お金には困っていないので別段気にならない。あまりにも楽過ぎて、却って申し訳ないくらいだ。
・サーペントの大皮1・サーペントの毒牙1・サーペントの魔石（中）1

・サーペントの毒袋1・サーペントの上質肉1

全部素材だった。つまり俺には、いいのか悪いのかすら判断がつかない。でも肉もある。毒蛇の肉なのに上質肉とは。案外美味しいのかな？

「神官さん、耐性と治療をありがとう。おかげで楽に闘えた」

こうしてわざわざお礼を言いに来てくれる人もいる。気さくに声もかけてくれる。野良パーティって、どうなのかなって思っていたけど、なんかみんないい人っぽい。

「お役に立ててよかったです」

「本当に助かった。耐性なしで毒消しや中和薬を使っていたら大変だったよ。毒攻撃が多過ぎっていうか、あの毒の息がヤバイ。毒毒パラダイスだ。途中から猛毒に変わったから、薬を使っていたら回復が追いつかなかったはずだ」

耐性をかけているのに、随分と毒状態になるなとは思っていた。毒の息っていうのが原因か。でも毒毒パラダイスってなんだ？　毒まみれってことかな？

「毒中和薬って、未だに高いから気軽に使いにくいしね。普段からあまり予備は持ってない」

「毒消しは捨値になったのに、毒中和薬はあまり値下がりしないよな」

「中和薬は材料費が高いらしいですよ。今の価格でも儲けはそれほど出ないって、薬師のフレが言っていました」

「そうなのか。ボッタクリってわけじゃなかったのか」

「麻痺解除薬も同じ理由で値下げできないみたいです」

「麻痺ね。あれも厄介なんだよ。でもここって、蜘蛛系のボスも出そう」

「雑魚の蜘蛛モンスターがいたから、その可能性は大かも。中ボスが十二匹に大ボスが四匹もいるなら、その中にボス蜘蛛がいても全くおかしくない」

「でも、うちの班には神官さんがいるから」

「そう。安心して戦えるな」

「俺たちはいい意味でツイてる。神官さん、悪いがまたよろしく頼むぜ」

それが本職なので、やれるだけやります。

のんびり雑談をしていたら、B・C班によるサーペント討伐とマップ解放のアナウンスが流れた。これで中ボスはあと一体だ。


探索を続けて、先ほど解放されたばかりのマップに入った。

すると辺りの様子が一変する。今までは剝き出しの削れた石壁だったのに、壁の質感になんとも言えない違和感を覚えた。

「骨？　これもしかして骨じゃないか？」

そう言われて観察してみると、坑道の左右の壁が、何かの骨で埋め尽くされているのに気づく。上から下までびっしりと隙間なく積まれた、おびただしい数の骨。

更に先に進むと、幾つもの丸いものが、骨壁の中に模様を描くように埋め込まれているのが見えてきた。

「やだこれ、頭蓋骨？　それも人間の頭蓋骨だわ」

　本当だ。頭蓋骨、いわゆる髑髏。

　中にはポッカリと空いたふたつの穴が、こちらを向いているものもある。酷く不気味ではあるが、不思議なことに怖いという感じはしない。

「マジか。じゃあ、この壁ってもしかして全部人骨なのか？」

「断言はできないが、可能性はあるな」

　既に周囲のどちらを向いても骨だらけだ。骨、骨、骨。骨の壁に骨の柱。

　天井と床以外は骨しか見えない。これがもし全て人の骨なら、いったい何人分——いや、何万人分の遺骸なのだろう？

「それにしても、骨が種類別に綺麗に揃えて積まれている。つまり作為的なものだと主張しているわけだ。なんのためにこんな風にしたのか」

　これはゲームだから、当然この沢山の骨を用意したのは運営だということになる。イベントの伏線なのか、ただのデザインなのか。あるいはシナリオ関連か。

「お墓なのかな？　何かで聞いたことがあるわ。リアル世界の話だけど、墓地が不足して都市の地下にお墓を作ったことがあったって」

「それなら『死者の国への入口』と書いてあったのも腑に落ちるな」

　おっと。入口の古代文字のことなんて、すっかり忘れていたよ。

「でも、お墓にしてはアンデッドが全く出ないわね」

確かに。出てきても全然構わないのに。むしろ出てきてほしいくらいなのに残念。

「そこのところどう？　神官さん的には？」

なぜ俺に振る？　アンデッドは倒せるけど、霊感があるわけじゃないよ。

「わかりません。ここの運営はかなり意地悪ですから」

「違いない。こうやって作り込んでいるからには、何か仕掛けてきそうなんだが」

でもその予想は外れ、その後は延々と続く骨の壁に挟まれながら進んで、順調にマップを更新していった。

《「サーペント」を倒しました。このエリアの全マップが解放されました》
三体目は、新たに解放されたマップ内で見つけることができた。中ボスを相手にするのは本日二回目とあって、みんな危なげなく倒し終わる。
「これでエリアボスのところに行けるようになったはずだ。B・C班も別経路から大空洞を目指す。なるべく交戦前に他班と合流を果たしたいから、探索のペースを少しあげよう」
そして俺たちは、出てくる雑魚モンスターをものともせずに、探索範囲を広げていった。

＊

合流に向けてペースを上げて進んだが、人数差が大きいからか、B・C班から、先にエリアボスの待つ大空洞に到着したという連絡が入った。

「接敵して、そのまま交戦に入った。エリアボスは……超大型の蛇形モンスター『蛇王バジリスク』。マズイな。非常にマズイ状況のようだ」

「何がマズイって？」

「バジリスクのブレスに、強烈な『腐蝕毒』と『猛毒』が入っているそうだ。武器で直接攻撃すると、触れるだけで『猛毒』の状態異常が付く。更にバジリスクの視線を浴び続けていると、『石化』の状態異常が進行するらしい」

「そりゃやべえわ。『腐蝕毒』って、武器や防具の耐久度をガンガン削るやつだよな。その上、攻撃するだけで『猛毒』『石化』かよ」

「うわぁ。めっちゃ嫌だそれ」

　運営もエグいことをする。前回調査した北東ブロックとは、難易度が全然違うじゃないか。最初の探索で警戒心を下げておいて、二回目でガツンと殴る。偶然なのか故意なのか。ここの運営なら、おそらく後者だろう。

「最悪の場合、撤退も視野に入れなければいけない。だが、まだ戦闘は始まったばかりだ。救援に向かってもいいか？」

「俺は行くぞ。俺たちが先に遭遇していた可能性もあった。ただ着いた時の状況によっては、すぐに引かせてもらうかもしれない」

「ユメミ、どうする？」

「オオガネさんと同意見かな。見捨てるとか後味の悪いことは嫌だわ。撤退を自由に決めさせてもらえる前提で救援に行く」

「じゃあ、僕も同じで」

「俺もそれでいいよ。ここで抜けてもつまらないしな。それに、なんといっても今回は神官さんがいる。ブレスの『腐蝕毒』さえ避ければ、あとはサササッと治してもらえるんじゃね？」

「『石化』も治せるの？」

「石化は……神官さん、どうだろう？」

うわっ。全員が俺に注目してる。これでダメなら居たたまれないところだけど、大丈夫。

「『石化』は解除できると思います。今まで試したことはありませんが、解除スキルを持っているので」

「解除スキル持ちか。さすがハイレベル支援職」

「ユキムラ君、負担は大きいが君も来てくれるか？」

ここまで来て、俺だけ抜けるとかはもちろんない。

「はい。皆さんと一緒に救援に向かいます。他の班の支援状況はわかりますか？」

「ああ。神官職は二名いるが、二人とも戦闘系だ。彼らも『猛毒』の治療はある程度できるはずだが、戦闘スキルにもGPを消費する。できればユキムラ君にも、B・C班のフォローを頼みたい。もちろんできる範囲で構わない。どうかな？」

「神官さんなら軽くいけそう」

「本職の神官がいればなんとかなる気はするわね」

そんなに期待されても、支援職は実質俺一人。全体の治療となると、どこまでやれるかな？

「でもこれって、イベントほど規模は大きくないけどレイドだよな。神官さんのＧＰが尽きたら俺たちも終了なわけだ。だから決して無理はしないで、ＧＰの残量がやばそうなら早めに教えてほしい。それが撤退するタイミングだと思うから」

全面的な協力が当然という雰囲気の中、俺が返事をする前に、オオガネさんが予防線を張ってくれた。これには感謝だ。

「わかりました。もたなそうになったら、早めにお知らせします」

「皆さんのご協力に感謝する。大空洞に着いたら、即戦闘に入ることになる。装備などはここで入れ替えておいてくれ。前衛は『腐蝕毒』を受けるから、予備の武器・防具で構わない」

俺はブレス圏外にいるだろうから、フル装備でいいか。

でも、場違い的な典礼服のキラッキラ感が恥ずかしい。なんて言ってる場合じゃないか。礼拝のときと違ってローブを着ちゃえばいいから、それほど目立たないはずだ。そう思いたい。

じゃあ変身するとしよう。

予めセット登録しておいた装備に、クイックチェンジする。装備変更は一瞬で完了。武器も、ちゃんと杖に変わっている。幸いなことに、周りも自分の装備の入れ替えに忙しくて、あまり注目は浴びていない様子。

「では出発する。急ぐぞ」

５　蛇王バジリスク

大空洞に着くと、その場の状況はあまりよくなかった。

「救援だ。Ａ班が来た！」

「助かった。これで立て直せる」

立ち位置を指示されて、ブレス圏外に移動する。

合流した味方に早速【Ｓ生体鑑定】をしてみたら、既に「石化」が進行しているプレイヤーがかなりいた。「猛毒」を治し切れていない人もいて、まさにＨＰが危ない状態だ。

ただでさえ人数が少ないのに、ここで死に戻りされたらとても困る。

ＧＰ消費が大きくなるが、Ａ班と交替して下がってきたＢ・Ｃ班の前衛に向けて「全状態異常解除」と「範囲回復」を放った。ＨＰの危ないプレイヤーには、追加で「回復」を入れる。

「うわっ！　一気に全快した。もうダメかと思ったのに」

「本当だ。全部治ってる」

「今のうちに装備チェンジだ。急げ！」

出て行ったＡ班には、大空洞に入る直前に「状態異常耐性」と「身体強化」をかけてある。

それでもバジリスクの猛毒はよほど強力らしくて、交戦して割とすぐに「猛毒」が付いてしまったので「毒中和」と「持続回復」を飛ばした。

そこでバジリスクの様子が急に変わった。鎌首を大きくもたげて、後方に引くような格好をする。

ブレスの予備動作？

「ブレスくるぞ！」

下がりきれず、ブレス射程内に残った前衛に、対状態異常の［範囲結界］を急いで張った。

シャヤヤァァ――ッ！　という蛇特有の威嚇音。

それに続き、前傾姿勢になったバジリスクの口から、広範囲にブレスが撒き散らされた。バジリスクのブレスは、ドラゴンのジェット流のようなそれとは違い、霧のように散りながら、左右方向にまで円弧状に広がっていく。

「ブレスを浴びた奴は、そのまま下がって治療だ。魔法攻撃いくぞ！」

魔法の一斉斉射。

三人の魔法職が放つ火球や火槍が、次々とバジリスクの頭部に飛んでいった。

見事着弾。

着弾地点で大きく爆発し炎が噴き出す。どうやら火炎攻撃は有効のようで、一時的にバジリスクの攻撃が止み、ＨＰも目に見えて減っていた。

バジリスクの頭部は、おそらく地上十数メートルの高さにある。飛距離も結構あるのに、よく当たるもんだなと思わず感心する。

俺も負けてはいられない。治療に励まなくては。

毒中和と全状態異常解除、回復系もフル稼動だ。こんなとき、持っていてよかったと強く実感するのが、最近手に入れたUR杖になる。

【パナケイアの螺旋杖】は、さすが治療特化なだけあって、状態異常解除スキルの効果も大幅に増大してくれた。そのおかげで、進行した石化もすぐに治すことができた。

「神官さん、よろしく。やべえ、もろにブレス浴びちまったよ。でも結界を張ってくれただろ？　あれで助かったぜ。マジありがとう」

「間に合ってよかったです。ブレス範囲が広いから、避けるのは難しそうですね」

「ああ、予想より広がる範囲がデカくて、しくじっちまった。だけど次は避けてみせるさ。じゃあ、行ってくるぜ」

じわじわとバジリスクのHPは減っていき、とうとう一本目を削り切った。

今までのレイドイベントでは、一本削るたびに状態異常が追加されるのがお約束だったけど、今回はどうだろう？

「なんかくる！」

やっぱり来たか。バジリスクの両眼から、レーザー光のような朱紅色の光線が放たれる。避けきれず被弾してしまったプレイヤーが、もの凄い速さで石化していく。

石化光線だって？　うわっ、急がなきゃヤバイ！

慌てて「全状態異常解除」を立て続けに飛ばす。あっちも。もう一回。更にもう一回。全石化したらアウト。でもこんなことで死に戻りなんて、俺がさせないから！

　連続して放たれる石化光線への対処が一段落した時、ココノエさんとアカギさん、それとももう一人、槍士のプレイヤーが俺のところへやって来た。

「ユキムラ君、あの厄介な石化光線を止めるために、バジリスクに目潰しの特攻をかけることになった。特攻するのは、槍士のこの二人だ。そこで彼らに［状態異常耐性］と［身体強化］を強力にかけてほしいのだが、ユキムラ君の状況はどうかな？」

　両方とも職業固有スキルだから、消費GPを増やすほど効果は上がる。でも、得られる効果の上昇量に比べて、消費GPの増え方が累進的で半端ない。

　それくらいだったら。……うん、あれだ。まだ一度も使ったことがない、もらい立てホヤホヤの新スキル。

「それなら、そのふたつを合わせたような効果のスキルがあります。持続時間が短いのとクールタイムがあるのが欠点ですが、かなり強力です」

「それはなんていうスキルだ？」

「上級職の【戦闘支援】スキルで［天衣無縫］という技です。かけた相手を一時的に『無敵』状態にします」

「へ？　無敵？　そんなスキルがあるの？」

　実はある。

「無敵って、あのダメージが通らなくなる無敵ってこと？」

もちろん、その無敵で合っている。

「そうですね。物理攻撃無効、魔法攻撃無効、精神攻撃無効、状態異常無効、不浄無効、ブレス無効。……冗談でなくこの全てが付きます」

スキル説明を読んだときには、正直ぶったまげた。

「それは凄まじいな。持続時間は？」

「消費GP（秒）です。消費GPが300なら持続時間は300秒――つまり五分間で、消費GPが600なら一〇分間になります。その間は、無敵以外に全ステータス100％上昇も付きます」

「マジかよ。それって壊れスキルじゃん。でも問題はクールタイムか」

「[天衣無縫]は少し変わっていて、『消費GP量依存・変動型クールタイム』ですね」

「なんか難しいな」

「それは具体的にはどんな感じになる？」

[天衣無縫]の持続時間とクールタイムは、次のようになっている。

・持続時間＝消費GP（秒）

・クールタイム＝6000／消費GP（分）

このような至ってシンプルな計算式で、消費GPが「大きく」なるほど、クールタイムは「短く」なる。

普通は大技になるほどクールタイムが長くなるのに、このスキルはなぜか逆。

じゃあ沢山GPを使えば、クールタイムがわずかになって、スキルをほぼ連続使用できるのでは？　という話になるけど、さすがにそうは上手くいかない。

理論上は、クールタイムを一〇秒にすることもできる。

でも、そのために必要な消費GPは、なんと３６０００。

これだけＭＮＤ特化している俺が、現状で最大ＧＰが５０００いかない。つまり、どう考えても無理っていうか、不可能。

なんといっても、ＧＰの回復は自然回復頼み。これが大きな枷になっている。そしてＧＰ回復薬は、今のところどこにも存在しない。だから、ＧＰ消費量を無視して無制限にスキルを連発なんて、実戦では到底できるものじゃない。

「クールタイムを計算すると、無敵時間が五分なら二〇分、無敵時間が一〇分なら一〇分、無敵時間が二〇分なら五分になります」

「えーっと、ちょっと待ってくれ。それだと、無敵時間二〇分でクールタイム五分が理想的だが、消費ＧＰは……一人当たり１２００か。二人で２４００。いくらなんでも無理か」

いや。無理ではない。

だけど、全ＧＰのちょうど半分にはなる。猛毒や石化の治療にもＧＰをかなり使うから、その分を考えると使い過ぎかな？　どうだろう？

「無敵時間一五分だといくらだ？　消費ＧＰが９００で、クールタイムは……」

「六分四〇秒です」

「クールタイムがある以上、二人の時間差は避けられないわけだろ？　だったら、最初にかける方の持続時間を長くして、後のを短くすればどうだ？　最初二〇分、次一五分って感じで」

「それだと消費ＧＰは、合計２１００になるか」

「最初のクールタイムが五分だから、バフが切れる時刻は二人一緒になるな。悪くない」

ＧＰは、少しだけ節約になる。

率直に言ってしまえば【ＪＰ祈禱Ｘ】と【ＪＰ☆秘蹟Ｉ】の加算、更に【聖神の加護Ｘ】と称号「聖神の使徒」によるブースト効果で、俺のＧＰの回復速度はかなり早い。だから、そのくらいの差なら、おそらくそれほど変わらない気もする。でも。

連携攻撃に関することは、俺は至って門外漢だ。更に、追加で［天衣無縫］をかける状況が生じる可能性もある。うん。やっぱりＧＰの節約は大事かも。ここは彼らの判断に任せよう。

「ユキムラ君、消費ＧＰ２１００っていうのは、その後も支援活動を続けてもらうことを踏まえた上で、可能な数字かな？」

「充分可能だと思います」

「そうか、頼もしいな。ならそれで行こう」

「無敵な上にステータス二倍かよ！　久しぶりにワクワクするな！」

「俺も血が騒ぎ始めた。自己紹介が遅くなったが、ヘイハチロウだ。世話になるが、よろしく頼む」

ヘイハチロウ。そして槍士。

なら当然、あのヘイハチロウだろうな。徳川四天王の一人の。「日本第一古今独歩の勇士」と呼ばれたあの武将みたいに、怖れを知らず強敵に突っ込んでいくとしたら。それはかなり心躍る光景が見れそうだ。

「ユキムラです。よろしくお願いします」

関ケ原じゃ敵だったけど、ここでは味方。なんて、武将繋がりで親近感を覚えてしまう。

「ではタイミングは合図するので、三人共すぐに行動に移せるように準備しておいてくれ」

「おう！」

「了解です」

「任せろ！」


ココノエさんの合図とともに【戦闘支援】［天衣無縫］をかけ始める。まずアカギさんに１２００ＧＰ、五分後にヘイハチロウさんに９００ＧＰだ。

二人の身体から、煌めく金色のオーラが立ち昇っている。これが予想以上に派手で、例えるなら、神に選ばれた光の勇者といった感じ。

二倍になったステータスに体を慣らしながら、徐々に、バジリスクの右側から背面に回り込んでいるアカギさんとは対照的に、ヘイハチロウさんは、スキルをかけ終わった直後、弾丸のように飛び出したかと思うと、もうバジリスクの左正面にいた。

うわっ！　あれってＡＧＩ特化かな？　疾風迅雷っていうの？　もの凄い速さだ。

そして、そのままの勢いで大きく跳躍した！　わおっ！

高いっ！

ステ二倍とはいえ、一回の跳躍で軽々と一〇メートル以上跳んでいる。

更に空中で蹴りを入れて、多段跳躍。

クルリと宙返りをして勢いを殺したかと思うと、次の瞬間にはバジリスクの頭頂部に飛び乗っていた。

すごくない？　軽業というレベルを遥かに越えている。

「空歩」に「立体機動」。もしかしてリアルスキルもあるのかもしれない。

なんか凄くいいものを見せてもらった。メチャクチャ格好いいです。

時間を置かず、ヘイハチロウさんはバジリスクの側頭部に這うように移動していた。

バジリスクが嫌がって身を捩るため、少しずつしか移動できない様子。ハラハラしながら見守っていると、とうとう左眼の直上までたどり着いた。

そして短槍を取り出して狙いを定め、眼窩に向かって勢いよく槍を突き込んだ。

〈グギャヤアアアーーーッ！〉

バジリスクが鼓膜を破るような咆哮をあげ、激しく頭を振り払う動きをする。

ヘイハチロウさんは、槍を眼窩深くに更に捻じ込むと、素早く柄から手を放した。そして、バジリスクの頭頂部に生えている白い角状の棘に飛び移る。これもかなりアクロバティックな動き。うはっ、無茶するなあ。

バジリスクが頭を振るのを止め、辺りを睥睨しながら息を吸い込む。

ブレスだ。急げ！

【結界】［対状態異常範囲結界］！

バジリスクがブレスのために体幹の動きを止め、前傾姿勢に移行してブレスを吐き始めたそのとき、今度はその背中をアカギさんが駆け上って行く。

うわっ！　ずっと見ていたいけど、治療もしないとまずい状況になってきた。

ブレスを浴びて戻ってくるプレイヤーたちに、矢継ぎ早に治療を施す。すると、凄まじい咆哮が再び轟いた。

バジリスクを見ると、右眼にも槍が刺さっている。やった！　大成功だ。

時間は割とギリギリだったかな。ってことは、あの二人、あと数分で無敵じゃなくなるけど

……えっ？

うわーっ！　二人とも何やってんの。早くバジリスクから降りようよ。

肝心の二人は、アイテムボックスから別の槍を取り出して、バジリスクの背後からグサグサと刺し始めた。あっ、猛毒がついた。つまり無敵が切れちゃった。治したいけど、スキルを飛ばすにはさすがに遠い。

おっ！　やっと降りたか。

こっちに来る。うわっ、ＨＰがもうヤバヤバじゃん。スキル射程に入った二人に、回復と毒中和を飛ばした。

「いや〜ムッチャ楽しかったよ。癖になりそう」

「ステータス二倍、マジヤバかったな。凄い加速。音速を超えるかと思ったぜ」

「二人ともお疲れ様でした。やりましたね」

「おうよ。こんなに上手くいくとは思ってなかったけどな」

「なかなか登るチャンスが来ないし、ヘイハチロウに先を越されちまったから焦ったぜ」

「背中の傾斜が、実際に近づくとかなり急勾配だったから、いいタイミングで登ったと思うぞ」

「そうか？　まあ俺もそう思わなくもないけど。よし。じゃあまた行ってくるか。今度は普通のでいいから、ユキムラちゃん、身体強化と耐性をお願い」

ユキムラちゃん？

「俺にも頼む。しかし、あの加速の感覚が忘れられないな」

そう言って、熱い視線で俺を見つめる大の男二人。ごっつい男性からこんなに見つめられるのは、生まれて初めてかもしれない。さっさと送り出そう。

スキルを使うとすぐに、二人は飛ぶように前線に戻っていった。

視力を失い、石化ビームによる攻撃も封じられたバジリスクは、もはや猛毒持ちの大蛇に過ぎない。そりゃあ、攻撃職なら行くよね。

狙いの定まらないブレスは避けるのも簡単で、その後、麻痺の状態異常攻撃が追加されはしたが、自分で言うのもなんだけど、俺がめちゃめちゃ頑張って、麻痺を次々と回復し続けた。
そうなれば、後はもう反復作業だ。残り二本のＨＰバーを削り切り、バジリスクは無事討伐された。

《エリアボス「蛇王バジリスク」討伐報酬》参加人数制限　三〇人
〈全体報酬〉／参加人数で分配
・３０００００Ｇ・ヘンルーダ草　90本・バジリスク素材召喚券90
・バジリスクＲ素材召喚券30
〈個人報酬〉
・バジリスクの武器／防具／アクセサリ選択券1
・素材召喚券1
バジリスクの｛牙・皮革・鱗・尾鈎・頭棘・肝・心臓・血・魔石｝からひとつ召喚。
・Ｒ素材召喚券1
バジリスクの｛邪眼（右）・バジリスクの邪眼（左）・メドゥーサの血｝からひとつ召喚。
・武器／防具／アクセサリ選択券　次からひとつ選択。
蛇王の棘剣［毒］・蛇王の鈎槍［毒］・蛇王の拳鍔（ナックル）［毒］
蛇王の鱗鎧［耐毒］・蛇王の鱗盾［耐毒］・蛇王の指輪［耐毒］・邪眼の指輪［耐石化］

6　不穏な兆候

バジリスク討伐の情報が掲示板に流れ、攻略組が王都に増えてきた。まだ二ブロック残っている、地下道のエリアボス討伐に挑むためだ。

俺も誘われたが、ミトラス大神殿のマルソー神殿長から、施療院の仕事を頼まれてしまった。王都まで来てまた施療院か。――なんて思わなくもなくて、返事をどうしようか、かなり迷っていた。

ここで頼ってしまうのが、ジルトレからついてきてくれたクラウスさんだ。典礼官、そしてガイドＮＰＣであるクラウスさんの意見は、ルートを進める際にとても参考になる。

そうしたら、クラウスさんにも是非引き受けるべきだと勧められたので、引き続き王都に残り、ご奉仕を続けることにした。でもそう言うクラウスさんは、一足先にジルトレに帰ってしまう。曰く「神殿長様（俺だ）と副神殿長（クラウスさん）が二人とも長期間留守にするのは、街の住民が不安になりますから」だって。

こんな風に、ＮＰＣの偉い人が二人揃って残留を勧めてくるということは、この仕事は何か大きな成果に繋がるはず。あるいは王都で何かが起こる。そう思った。

本音を言えば、早くジルトレに戻りたい。

でも仕方ない。今は上級職に転職したばかりだから、せっせと仕事に励んで「格★」を上げることが大事なのもわかっている。

そんな打算的な成り行きで残留を決めたが、この滞在は思っていた以上に長期化することになった。

《ミトラス大神殿・施療院》

「首座様、次はこちらのお部屋でございます」

なんかこそばゆい。

首座様というのは、現在の俺の呼称になっている。周りのＮＰＣの皆さんが、なぜか全員そう呼んでくる。確かに職業名ではあるけれど、最初呼ばれた時は、背筋のぞわぞわが止まらなかった。

でも人って、環境に慣れる生き物なんだな。ずっと呼ばれ続けている内に、案外聞き流せるようになってきた。これっていいのだろうか？　慣らされていく自分が怖い。

ログインするたびに、こんな風に持ち上げられていたら、中には勘違いしてしまう人も出てくるんじゃなかろうか？　俺って凄い！　俺って偉い！　みたいな。ゲームの中だけならいいけど、リアルにも影響しちゃったら、そんなの痛すぎる。

うん。気をつけよう。戒めなきゃ。とにかく謙虚に、増長はＮＧだ。

部屋の中に集められた人たちは、これもＮＰＣの患者さんたちだ。つまり俺以外全員ＮＰＣ。王都の施療院は日々大盛況で、治療を望む人々が長蛇の列をなしている。

以前はここまで混んではいなかった。——そんなNPC神官の呟きを何度か耳にしている。臭う。これって凄く怪しい気がする。

今現在、どこかでプレイヤーが気づいていない事件が起こっている、あるいはこれから何かが起こるという予兆なんじゃないか？　そう思えてならなかった。

施療院に来る住民NPCの病状は、その多くが【JS疾病治療Ⅱ】「滅魔の光」で治せる「感染症」だった。

何度も調べてみたのだが、俺の【S生体鑑定Ⅳ】では、

・［状態］発熱・関節痛　［疾病レベル］軽症　［原因］感染症
・［状態］発熱・嘔吐・下痢・腹痛　［疾病レベル］軽症　［原因］感染症
・［状態］発熱・皮疹・関節痛　［疾病レベル］軽症　［原因］感染症
・［状態］発熱・頭痛・皮下出血　［疾病レベル　軽症　［原因］感染症
・［状態］発熱・頭痛・筋肉痛・腰痛　［疾病レベル　軽症　［原因］感染症
・［状態］発熱・吐気・嘔吐・下痢・倦怠感　［疾病レベル］軽症　［原因］感染症

こんな風にしかわからない。

次第に増えていくNPC患者たちを集団治療で治しながら【S生体鑑定Ⅳ】を使い続けていたら、ようやくスキルレベルが上がった。

そして鑑定してみると。

・［状態］発熱・頭痛・筋肉痛・結膜充血　［疾病レベル］軽症　［原因］人獣共通感染症

〈人獣共通感染症〉――動物から人に伝播する感染症。

新たに判明したのがこれだ。

残念なことに、病気を媒介している動物まではわからなかった。こんなに大勢の街の住民に感染していることを考えたら、身近な動物のはずなのに。

原因がはっきりしないまま治療を続けていると、次第に状況が悪化してきた。

「首座様、こちらにお願いします」

部屋に入って即、横たわっている患者に【S生体鑑定V】をかける。

・［状態］高熱・呼吸困難・皮下出血　［疾病レベル］重症　［原因］人獣共通感染症

治療してすぐ次へ。

・［状態］リンパ節腫脹・意識混濁・出血斑　［疾病レベル］重症　［原因］人獣共通感染症

こんな状態の重症患者が続くようになってきた。

次々と運ばれてくる重症患者たちを、NPC神官たちと手分けして、なんとか全て治療し終える。

ふぅ。とりあえず今は一段落したけど、いつまでこんな状況が続くんだろう？　憂鬱な気持ちになって、控え室で短い休憩を取っていると。

《ポーン！》

アナウンス？

《王都の汚染状況が一定レベルを越えたため、緊急イベント「黒い悪魔」が開始されます》

緊急イベント？　それに「黒い悪魔」。

《「黒い悪魔」は防衛イベントです。プレイヤーの皆様は、力を合わせて汚染の原因を究明し、汚染された王都の状況を回復させて下さい。イベント詳細につきましては「イベント詳細☆お知らせ」をご確認下さい》

これがイベント？　防衛イベントだって？　……こんな、こんな状況が？

フツフツと、腹の底から怒りが込み上げてきた。以前から鬼畜だとは思っていたが、運営が何を考えてこんな企画を通したのか理解できない。悪趣味にしてもこれはない。

このイベントがどういう意図を持ち、どんな結末を迎えるにせよ、その間にＮＰＣの犠牲者をどれだけ出すつもりなのか。

俺の脳裏には、先ほどの施療室での光景が焼き付いている。高熱や呼吸困難に苦しみ、内臓が壊死し、全身を「黒い出血斑」に侵された悲惨な姿。

「黒い悪魔」。これが偶然の符号であるはずがない。

〈疫病〉

いったいこれから、どれだけ広がるのだろう。いや、広げるつもりなのか。

……所詮ＡＩじゃないか。

そんなことはわかっている。ここでどれほど人間そっくりに見えても、彼らは実体のないデータに過ぎないってことも。

疫病の拡散も病状の重症化も、今のところは出ていない死者の数だって、ＡＩとそれに干渉する運営の思惑によって操作されている、まやかしの存在だ。

だから……。

そう思い込もうと、何度自分に言い聞かせてみても、俺の内から湧いてくる怒り――抑えようのない憤りは、どこにも逃げ場を見つけられず、俺の心の内に溢れていった。

7　掲示板⑥

掲示板【王都】本当にここは王都なの？　クエストを探して【Part8】

1. 名無し

The indomitable spirit of adventure online（ISAO）の
「王都」で起こるクエストについて語るスレです。
特定プレイヤーへの粘着・誹謗中傷禁止。
次スレは **>>950**

前スレ【王都】本当にここは王都なの？　クエストを探して【Part7】
http：／／＊＊＊＊＊＊＊＊＊＊＊＊＊＊＊＊

245.名無し

お前ら見たか？　いったいあれはなんだ

246.名無し

いきなりそう言われても意味不明

247.名無し

今のタイミングなら広報PVの最新作の話じゃない？

248.名無し

>>245
それなら見たし超やばかった
あんなのアリかよ

249.名無し

まだ見てないけど何があった?

250.名無し

最近やっと軌道に乗り始めた王都の地下攻略のPVだろ?
大百足とバジリスクを倒しているやつ

251.名無し

大百足は別にどうでもいい
注目なのはバジリスク戦で激ヤバなスキルが登場したこと

252.名無し

>>251　具体的にお願い

253.名無し

バジリスクの石化ビームを止めるために
槍士二人が目潰し特攻するシーンがある
突撃する前にド派手な衣装を着た偉そうな神官が現れて
二人にブーストをかけたら、もうそれが激ヤバ

254.名無し

あれなんてスキルかな？　プレイヤーも使えるの？
全身が金色に光って、すごい勢いで槍士かっ飛んでいったけど

255.名無し

プレイヤーもって、あの神官もプレイヤーじゃないの？
最初はNPCかと思ったけど、それにしては違和感があった

256.名無し

あの神官が誰か知ってるよ

257.名無し

>>256　だれよ？

258.名無し

>>256　さっさと教えろ

259.名無し

PVではやけに神々しく映っていたけど
第一陣の有名プレイヤーの一人の「神殿の人」だよ

260.名無し

その二つ名は聞いたことがある
確かゲーム開始からずっと神殿ロールプレイをしている人だよな?

261.名無し

>>260　然り

262.名無し

第一陣ってことは、もしかして上級職なの?

263.名無し

>>262　それも然り

264.名無し

>>263　おい!　なんで他人の位階を知っているんだよ

265.名無し

>>264
それは自分も王都の神殿に泊まり込んでいるから
王都は宿代が高いから、神殿の宿泊所を利用している奴は多い
でも「神殿の人」は別格なんだ
他のプレイヤーとは全然違う区画の部屋に寝泊まりしているし
神殿内では常にNPCが付き従っている
更にNPCに「様」付けで呼ばれている
そんなプレイヤーは他にいないから地味顔でもさすがに覚えた

266.名無し

>>265
希少な正規ルートの支援系神官で更に上級職
つまり神殿の役職的にも超偉いってことか
その人がPVで使っていたヤバいスキルの情報ってないの?

267.名無し

PVに出演している槍士当人に直に話を聞いたぞ
気になって仕方がなかったし面識がある奴だったから

268.名無し

>>267　詳しくプリーズ

269.名無し

凄いからお前ら絶対驚くぞ
俺は最初信じられなかったから

270.名無し

もったいぶらずに早く言えよ

271.名無し

いいか？　その眠そうな目をクワッと開いてよく見ろ!

「物理攻撃無効」

「魔法攻撃無効」

「精神攻撃無効」

「状態異常無効」

「不浄無効」

「ブレス無効」

「全ステータス値二倍」

以上だ!　おかしいだろう?

これ全部込み込みのオールインワンスキルなんだぜ

272.名無し

>>271　うっそだぁ
もしかしてゲーム違わない?　配管工用の無敵☆拾っちゃったの?

273.名無し

どう見ても壊れじゃん
ゲームバランス的におかし過ぎる
こんなのあったら、やりたい放題になるじゃないか

274.名無し

>>273
ところがそうはいかないようになっている
持続時間とクールタイムに消費GP縛りがあって
それが半端なく大きい
あの目潰しの時だけで2000GP以上使っていると言っていた

275.名無し

2000GP以上?　うはっ!　どんだけ

276.名無し

それをサクッとかけちゃう「神殿の人」が凄いってことか

277.名無し

あれだけじゃないんだぞ
討伐中は「神殿の人」がバンバン毒とか回復の治療もしていた

278.名無し

ブレスの時に範囲結界を張っていたのも見た

279.名無し

やっぱりレイドのときは支援職が猛烈に輝くな

280.名無し

一人、パーティに欲しい
どこへ行けば見つかりますか?

281.名無し

>>280
フリーのハイレベル支援職なんていないから
どこかに大事に抱え込まれている
今回のバジリスク戦では戦闘職の半分は適正レベル以下だった
たまたま「神殿の人」が参加していたから討伐できたみたいだぞ
くだんの槍士も運が良かったと言っていた

282.名無し

「神殿の人」ってPVでしか見たことない
普段はどこにおるん？

283.名無し

>>282
そりゃあ神殿に決まってるだろｗ

284.名無し

今は王都の施療院にいるらしい
地下探索の続きに誘ったけど施療院の仕事があるからって断られたそうだ

285.名無し

>>284　さすが「神殿の人」というか

286.名無し

そう言われてみると施療院に長い行列できていた
王都って病人だらけなんだなって思ったが

287.名無し

>>286
俺もその行列を見た
何に並んでいるのかと思ったら施療院だったのか

288.名無し

そんなに忙しいなら
「神殿の人」は地下探索どころじゃないか

289.名無し

バジリスク討伐でデビューした槍士コンビはその後どうよ

290.名無し

>>289
あれはまさにヒーローだった
俺も「空歩」とか欲しくなったぜ

291.名無し

背中を駆け上がった奴はともかく
頭に飛び乗った方の動きはスキルだけじゃ到底無理
あれはガチで体操とかやっている奴の動きだよ
リアルでも軽く前宙とかできないとまず再現不可能

292.名無し

>>291
俺も同じことを思った
でもあのPVを見て入ってくる第四陣のニュービーの中には
思いっきり勘違いしちゃった奴も出てくるんじゃないか?

293.名無し

スキルを取りさえすれば何でもできる
というゲームらしさは、ISAOじゃ通用しない
攻略情報を碌に読まずに「空歩」を取ってAGI特化ビルドにする奴が
果たして何人出てくるか

294.名無し

第四陣からはギア本体とセット購入じゃなくなったから
他のゲームから流れてくる奴らが思い込みでやっちまうな

295.名無し

それはメシウマ
ISAOの洗礼をモロ被りだな

296.名無し

俺 tuee 系は、そうして無様に散っていくのであった

297.名無し

そいつら騒ぐだろうな

298.名無し

話が違うって？　自分が勝手に勘違いしたのに？

299.名無し

いやあれは勘違いを誘っているとしか思えない
絶対に運営は狙っているって

300.名無し

新規プレイヤーが参入するたびに繰り返される惨状

301.名無し

俺らには関係ないな
引っかかるのは夢見がちなお子ちゃまたちだろう

302.名無し

慎重な奴は事前にこういうところを覗いて回避するからな

303.名無し

初期の失敗はリセットで済むから
通過儀礼みたいなものだよ

8　黒い悪魔

しばらくは運営に対する怒りがおさまらなかったが、今回のイベントの「システム」を把握するにつれて、次第に冷静になることができた。

緊急イベント「黒い悪魔」の概要をまとめるとこうなる。

・王都防衛イベントである。
・放置するとイベントは進行し、被害（患者と汚染）は街の広範囲に次々と拡大する。
・対応が遅れると、王都の機能に喪失が生じる。
・防衛に失敗すると、喪失した機能は元に戻らない。
・最終目的は、原因の除去と汚染地域の清浄化である。
・評価はポイント制。ポイントに応じて報酬配布。各部門毎のランキング報酬あり。

そして俺に関係してくるであろうことを、具体的にあげるとこうなる。

・感染症に罹患した患者は、重症化はするが死亡はしない。
・重症患者が治療を受けられない場合は、昏睡状態で症状が停止する。
・重症化するのは、街の重要施設や主要店舗で働く住民である。
・罹患患者が出た施設や店舗は閉鎖。治療後もイベント期間中は営業が再開されない。

・俺のログアウト中は、ＮＰＣ神官が治療を継続している。
・施療院まで来られずに自宅で臥せっている患者もいる。
治療が遅れても死ぬことはないってわかった時は、身体中の力が抜けた。

だが、こんなイベントを作ったことに対しては、まだ割り切れない思いが圧倒的に強い。理屈では理解できても、気持ちの面では拒否感が拭えないからだ。

とりあえず、求めに応じて治療を続けていけば、いずれは全員を回復させられるという見通しが立った。それにより、ずっと鳩尾につっかえていた重苦しい気持ちは取り除かれた。

そこでだ。

その上で問題になるのは、この一点になってくる。
・施療院まで来られずに自宅で臥せっている患者もいる。
どうしてもこれが気になって、ここの責任者であるマルソー大神殿長に相談したところ。

「お気持ちは私にも痛いほど理解できます。ここまで来ることもできず、苦しんでいる方々を、我々が見捨てるわけにはいきません」

と言ってくれて、トントン拍子に話が進んだ。

予め、神官たち（ＮＰＣだけでなくプレイヤーも含まれている）が街中を回り、自宅から出られなくて治療を受けていない患者を探す。

把握した患者をリストアップすると共に、家屋の目立つところに、配布した「黄色い布」を取り付けてもらい、それを目印(めじるし)にして各住居を俺が訪問する。

　必要なスキルさえ持っていれば、俺以外のプレイヤーが訪問しても全く構わない。

　だが実際のところ、俺以外に【ＪＳ疾病(しっぺい)治療】を持っているプレイヤーは現れなかった。それというのも、この訪問治療には、もうひとつ別のＪＳスキルを取得している必要があり、それが大きな枷(かせ)になったのではないかと思う。

・【ＪＳ浄滅(じょうめつ)Ⅰ】ＭＮＤ＋10〈汚染〉の原因微生物を死滅させ、汚染された物質・汚染された地域から汚染原因を取り除き〈清浄化〉する。

　ＪＳスキルだから、取得にはＳ／Ｊスキル枠(わく)かＳ／Ｊスキル選択券を消費する必要がある。

　たったひとつのイベントのために、新たにふたつもＳスキル枠を消費するのは、その後の職業選択に大きく響く可能性があり、このＩＳＡＯではかなりの冒険になる。

　もちろん俺は取得した。

　俺が言い出しっぺだしな。ここで枠を消費するなら望むところだ。

　施療院は、マルソー大神殿長を始めとするＮＰＣ神官たちに任せて、俺はＮＰＣの護衛(ごえい)である神殿騎士(テンプルナイト)の二人と一緒に、街中へ訪問治療に出かけることになった。一人でも大丈夫だって言ったのに、彼らがついてくると言って譲(ゆず)らなかったからだ。

　久しぶりに出た王都の街は、先入観があるせいか暗く沈鬱(ちんうつ)な印象を受けた。

　患者は王都の中心部に最も集中していた。本来なら非常に活気に溢(あふ)れ、賑(にぎ)わっているはずの区画なのに。注意してよく見れば、既に閉鎖している店舗も散見される。道行く人々も、街角で噂話に興じる人も、どこか表情が険しいように思えた。

最初の訪問先は、目抜き通りにある大きな薬屋だ。店の入口の扉には「閉店中」の札が下げられ、そこに「黄色い布」が結ばれている。

扉をノックすると、しばらくしてカチャッと施錠が外れる音がした。扉が少し開き、隙間から訪問者を確認する若い女性の姿が見えた。

「失礼いたしました。施療院の神官様ですね。お待ちしておりました。どうぞ中へお入り下さい」

店の中へ招かれると、早速患者のもとへ案内してもらう。

「このたびは、本当にありがとうございます。父は具合が悪くなるとすぐに倒れてしまい、今は話すこともできません。母も従業員たちも臥せっていて、私ひとりでは施療院まで父を運ぶことができませんでした」

そう言って彼女は泣き出してしまった。リアル過ぎるのも考えもので、こういう時はどうすればいいんだろう？

「お嬢さん、もう大丈夫です。こちらの大司教様は大変なお力をお持ちです。お父上も他の方々も、間もなく元気になられるでしょう」

神殿騎士さんがすかさずフォローを入れてくれた。助かった。GJです。

案内された寝室には、既に身体中に黒斑が出ている壮年の男性が横たわっていた。

【S生体鑑定Ⅴ】

・［状態］リンパ節腫脹・昏睡・黒斑（壊死）［疾病レベル］重体　［原因］人獣共通感染症

……重体。

これは一番悪い状態だ。壊死組織が広範囲に広がり「滅魔の光」だけだと後遺症が残る。そう判断して【パナケイアの螺旋杖】を左手に構える。

【JS疾病治療Ⅱ】「滅魔の光」で、まず感染症を治す。続く【JS疾病治療Ⅵ】「全癒の光」により、疾病により残った後遺症を治した。

見る間に黒斑が消え、患者の容態が良くなってくる。

よかった。もう大丈夫だ。

こういうところは思いっきりゲームらしいが、目の前ですぐに回復してくれるのは、本当にありがたい。これで治療は終わりだが、次の患者に行く前にやっておくことがある。

【Sフィールド鑑定Ⅲ】

寝具・床・壁。部屋の至るところに〈汚染〉の表示が出ていた。すぐに清浄化してしまおう。

【JS浄滅Ⅰ】

スキルの効果により、みるみる汚染が消えていく。まるで黒カビに塩素系の漂白剤をかけたみたいに。

他の住人の部屋も回って、治療と清浄化を繰り返した。でも肝心なものが見つからない。

「他に部屋はありませんか？　よろしければ全ての部屋を見せて頂きたいのですが」

居住エリアの他の部屋を順番に見て回る。すると。

見つけた。ここだ。

台所の一角、食材を保存する木箱が積まれている。そこの〈汚染〉が目立って濃かった。

「あの木箱をどけてもらってもいいですか？」

神殿騎士さんたちにお願いして木箱を脇にどけると、壁際に腐敗した食い散らかしと、小動物のものと思われる排泄物が落ちていた。また壁と床の境に、直径五センチ程の穴が開いているのも見つけた。

「あの穴は以前からあったものですか？」

「いいえ、全く気づきませんでした。あの大きさは鼠かしら？　そういえば、夜中に台所からカリカリという音が聞こえると、従業員の誰かが言っていた気がします」

「とりあえずここも清浄化しますが、穴は早めに塞いでおいて下さい」

「はい。おかげさまでみんな元気になりましたので、そのくらいの作業なら、すぐにできると思います」

「では残りの部屋と、念のため店舗の確認もして終わりとしましょう」

「隅々まで本当にありがとうございます。これで安心して暮らせます」

大きな店舗が多かったため、一軒一軒見て回るとかなり時間がかかった。でも、次第に要領が良くなっていったので、尻上がりにペースが上がっていく。

患者がいた住居の全てに共通していたのは「鼠穴」。酷いところでは、一箇所ではなく、複数箇所に穴が開いていた住居も見つかった。

途中からは「どこかに穴が開いているはず」という前提で調べたら、非常に探索が捗った。あの部屋から音が……という住人の証言が数多く得られたからだ。

リストにあった住居を全て回り終わる頃には、だいぶ時間が経っていた。でもこれで終わりとは思えない。また時間が経てば増えるはずだ。

「鼠穴」を塞いでも、それは一時的な対処法でしかない。根本的な汚染の原因が正体不明のまま残されている。

王都の街中を荒らしまわっている鼠？　と思われる小動物は、いったいどこから湧いて出たのか。それを調べる必要がある。

そんなことを思い巡らせながら、大神殿への帰り途をたどっていると、前方から何やら喧噪が聞こえてきた。

「おい！　開けろよ。こんな時に店を閉めてんじゃねえよ！　ふざけんな！」

遠くに、今日最初に訪れた薬屋の扉を、大柄な男が叩いているのが見えた。

あれはプレイヤーだな。ここは、地下道の入口に近いし、探索帰りか？

男が叩き続けると扉が薄く開いて、先ほど俺たちに対応した若い女性が顔を覗かせる。

「いるじゃねえか！　早く店を開けろよ！」

「すみませんが、お店はまだ開けられません。みんな病み上がりで薬を作れないので」

「NPCのくせに、おかしなことを抜かすな。金はある。早く毒中和薬をよこせ！」

やけに慌てているなと思ったら、猛毒状態なのか。あれだけ焦っているということは、HPが危険レベルなのかもしれない。

死に戻りしてもデスペナルティはつかないとはいえ、状態異常が治るわけじゃない。下手すると死に戻りループだ。焦る気持ちはわかるが、あの態度は駄目だろう。

「すみません。薬はありません」

「なんだと！　四の五の言わずに早く売れよ！」

あれを見過ごすわけにはいかないな。

俺が出て行こうとすると、神殿騎士さんの一人にやんわりと止められ、代わりに彼が出て行ってくれた。

「君、無茶なことを言うものじゃない。この店は、つい先ほどまで病人ばかりだった。それにそこのお嬢さんは、薬はないと言っているじゃないか」

「NPCが邪魔するな！」

いやいや。ちょっと待って。周りにいる人は全員NPCだ。その台詞を、みんな見ているし聞いている。助ける義理はないが、彼もこのままじゃ引かないだろう。それに目の前で死に戻りされるのも嫌だ。

「そこで粘っても薬は出てこないはずだよ。それが今回のイベントの仕様だから。猛毒なら俺が治そうか。もうＨＰが危ないいんじゃないのか？」

「あんた神官か。助かる。早く治療してくれ」

ハイハイのハイ。

「毒中和と、サービスで回復もかけておいた。だからもう大丈夫なはず。さっきも言ったけど、薬が買えないのはイベントの仕様なので、交渉しても変わらない。ここは引いた方がいいよ」

「おう。あんたがそう言うならわかった。治療してくれて助かったよ。ありがとう。俺も焦っていたんで、大声を出して悪かったよ」

全く礼儀を知らないわけじゃなさそうだ。

「このイベントは、多分こんな縛りだらけになると思うから、生産品はプレイヤー取引で早めに揃えておいた方がいいよ」

「そうか。情報までありがとう。嬢ちゃんもさっきは悪かった。またイベントが終わったら売ってくれよな」

大神殿に戻った俺は、さすがに疲れてログアウトした。

ログアウトの前に、バジリスク討伐でご一緒したココノエさんに、鼠穴の情報をメールしておく。情報クランなら何か見つけてくれるだろう。地上に出口の穴しかないのなら、やつらはいったいどこから来ているのか。

地下でしょ！

あっ、ダメだ。

疲れて変なテンションになっている。

今日はサッサとシャワーを浴びて、一人水炊きでもして寝よう。そろそろ鍋が美味しい季節だからね。はぁ。……みんな今頃、何をしてるのかな？

今日もリスト片手に訪問治療。

でもNPCの発症は、だいぶ下火になってきた。その一方で、緊急イベントはまだまだ進行中で、ココノエさんから来たメールの返信には、現在までの攻略状況が記されていた。

地下の探索は、北西が終了して今は南西を調査中だそうだ。北西は北東と似たような採石場跡地だったそうで、エリアボスは強麻痺と魅了を使ってくる「女王蜘蛛アラクネ」。

魅了のせいで初見クリアはできなかったが、念入りに状態異常対策を準備して臨んだら、比較的スムーズに倒せたそうだ。

そして最後の南西ブロック。ここは南東ブロックと同じ骨骨ゾーンだった。そしてこのブロックが、疫病の発生源として最も疑わしい。なぜなら、鼠・鼠・鼠—— 夥しい数の鼠モンスターが湧き出てきているから。

殲滅魔法でまとめて焼却しているので、今のところ苦戦はしていないと聞いている。ただ、今までのブロックと違うところが一点。

　このブロックには、更に下の階へと下りる階段があった。

　減っていくNPC患者と反比例するかのように、施療院を訪れるプレイヤーの数が増えてきた。彼らはことごとく「感染症」に罹患している。

　プレイヤーはNPCとは異なり、病状がステータス異常として現れる。

・発熱・頭痛　↓　HP持続減少　MND低下
・嘔吐・下痢・腹痛　↓　VIT低下　STR低下
・関節痛・筋肉痛・腰痛　↓　AGI低下　STR低下
・皮疹・皮下出血・出血斑　↓　DEX低下　MP持続減少
・リンパ節腫大・黒斑　↓　全ステ大幅低下
・呼吸困難・意識混濁・昏睡　↓　身体操作能力大幅低下

　結構進行が速いから、これはこれで大変だ。

　でも大勢のプレイヤーが病窟に潜っている割には、患者数は少ないかもしれない。もちろんそれには、ちゃんとした理由があった。

　王都でのイベントが長引くと共に、生産系の市場が活況になってきた。参加プレイヤー数が増えてきたせいで、消耗品や装備品が飛ぶように売れたからだ。その中で、薬師系上級職のプレイヤーが開発し、流通し始めたアイテムがこれ。

【消毒薬】感染症の原因となる病原体を殺滅・無害化し、病原体の数を減らす。

この消毒薬と火炎魔術の組み合わせは「火炎滅却」と呼ばれ、神官スキルの【JS浄滅】と似たような効果を得られることがわかった。

そして地下なら、市街地と違って殲滅系魔術も遠慮なくガンガン使える。

まだ高価な消毒薬を振り撒きながら、地下道に特攻していく火炎系魔法職のプレイヤーたち。その活躍のおかげで、地下攻略はかなり進んでいた。

「止まれ！　ここは死者の国への入口だ」と書いてあった門のあるフロアを地下一階とすると、現在は地下三階にいるらしい。いったい何階まであるんだろうね？

緊急イベントであり、ポイント報酬やランキング報酬が出るので、参加するプレイヤーの数は、なおもって増えている。

これは俺としては大歓迎だ。地下は彼らにお任せして、俺は俺にしかできないことをする。地上の疫病の終息に向かって励むとしよう。

……と思っていたのに。

「来てくれないかしら？」

目の前には、ラベンダー色の髪をした少女が一人。服は目の覚めるような朱紅色。いわゆるチャイナドレス風のコスチューム――それもかなり丈が短い――を着ていて、ショートボブにクルクルと巻いたお団子ふたつという、かなり個性的で活動的な格好をしている。

「来てってどこに？」

「もちろん地下に。あなたなしじゃ、やっぱりダメみたい」

簡単に話を聞くと、大量に湧き出てくるネズミを掃討しながら、地下五階まで降りたときに異変が起きたそうだ。

「急に『カルマ値』がどうのこうのってアナウンスがあって」

カルマ値？　そんなの聞いたことないな。

「なんですかそれ？」

「どうも、短期間に殲滅魔術で大量殺戮を行うと『カルマ値』という数値が上がって、一定時間、難易度が上がる方向に補正が入るみたい」

「そんなの初耳です」

「バグじゃないかって運営に問い合わせたら『仕様です』って返事だったから、たぶん隠し要素だと思う」

そのアナウンス以降、それまで火炎魔術で焼き払えていた鼠が、一時的にではあるが火炎耐性を持つようになった。そしてその耐性は、鼠が媒介する病原体にも及んだらしい。

「だからこの通り。みんな次々に罹患しちゃったの」

そう、今この施療院は大混雑を迎えている。「感染症」に罹患したプレイヤーが、治療を求めて次々に押し寄せてきたからだ。俺とNPC神官が総出で対処に当たり、ようやく終わる目途がついてきたところだった。

「ちょっと席を外しても大丈夫かな？」

念のため、すぐ近くにいたNPC神官に声をかける。

「はい首座様。お疲れさまでした。そろそろ休憩して頂いても大丈夫です。後は我々にお任せ下さい」

「じゃあ、お言葉に甘えて少し休ませてもらいますね。すぐそこの控え室にいますから、なにかあったら声をかけて下さい」

そして少女に声をかける。

「こっちで話を聞くから、来てもらえる？」


「じゃあ、改めて自己紹介から。俺の名前はユキムラ。見ての通り神官をしています」

「知ってるわ。あなたもの凄く有名だもの。私はアオイよ。火炎特化の魔術職です」

「魔術職？　その格好で？」

てっきり、格闘家かそれに近い職業だと思っていた。

「それよく言われるけど、これだと動きやすいのよ。魔術職なんて紙防御なんだから、ぶっちゃけ格好なんてなんでもいいの」

普通は逆のような。でもここまで断言するなら、回避が得意とか、何かに特化した特殊なビルドなのかもしれない。

「じゃあもう少し詳しく、地下の状況を教えてもらえるかな？」

「もちろん。どうも焼き払えば払うほど、鼠が出てくるみたいなの。エンドレス増援っぽいのよね。そうすると、どうしても『カルマ値』が溜まってしまって、マイナス補正が発動してしまう。だから、大ボス戦までは殲滅魔術は温存しようってことに決まったの」

それはまた。運営も厄介な仕様を考えたものだな。

「それで、俺に何をしてほしいの？」

「一緒についてきて、みんなの病気を治してほしい。あとできれば、ボス戦の時にPVで見たあの凄い技をかけてほしいな」

「凄い技って？」

「決まってるじゃない。金色のオーラが出るやつよ」

やっぱり天衣無縫のことか。でもあれって。

「君は魔術職なんだよね？　あれは近接戦闘向きのスキルだよ」

「うん、近接用だから言ってるの。大ボスに接近して体内に直接魔術をぶち込む。それが私の得意技――になるの、これから。たぶんめっちゃ効くはず。雑魚モンスターで試したら威力が凄かったから」

「君、魔術職なのに格闘系なの？」

「そう言ってもいいかな。リアルで格闘術をやっているから、つい出ちゃうのよね」

つまり殴りマジってやつか。それはまた珍しい。

「一応は殲滅魔術も使えるわよ。遠くからだとあまり当たらないけど」

えっ？　殲滅魔術に当たるも当たらないもな……うわっ。つまり、近接で魔術を使っていたら、射程や命中率が犠牲になったってことか。この子いったい、どんなビルドなの？　もしかしたら職業も、単純に殴りマジでは片づけられないほど、変わったものなのかもしれない。

「攻略にずっと付き合うのは無理だけど、ボス戦だけなら、都合をつけられるかもしれない」

「本当？　じゃあ、ひと通りマッピングが終わったら、協力してもらえると思っていいの？」

「うん。あの鼠たちには、俺も思うところがあるから」

ここまできて考えた。最後の大ボスは、おそらく鼠の親玉が出てくるはず。日々の奮闘の結果、地上はだいぶ鎮静化してきた。でも最終的に疫病を終息させ、この質の悪いイベントを終わらせるには、大元であるそいつをやっつけるしかないって。

9　鼠王ゼプシス

「神官さん来た――っ！」

集合場所の地下道入口へ向かうと、先日会ったアオイさんを始め、情報クランのココノエさんや剣士のオオガネさん、槍士のアカギさんとヘイハチロウさん、盾士のカナタくんに魔法職のユメミさん。そういったバジリスク戦で共闘した顔ぶれが出迎えてくれた。

「今日は俺たち、ユキムラ君の護衛だから。鼠一匹近づけないから安心してくれ」

「みなさん、またよろしくお願いします」

「こちらこそよろしく。アオイさんが君を口説き落としたんだって？　また一緒に戦えてとても嬉しいよ」

「聞いていると思うが、殲滅魔術のゴリ押しがＮＧだったから、今回は慎重に汚染源の清浄化を行っている。今も各所に人員を配置していて、雑魚は随時掃討されているはずだ。最深部までの最短経路を、ほぼ素通りで一気に進むことになる」

「ボス戦前の集合場所に着いたら治療をお願いするが、それまでは何もしないでいいから」

「わかりました。なるべく大人しくしています」

　最深部までは、できる限りＧＰを温存してほしいと言われている。今回は地下深くに潜るからそれも納得で、俺を囲むように周りが護衛してくれることになった。ＮＰＣに取り囲まれるのには慣れているけど、プレイヤーにここまでされるのは初めてかも。なんかまるでＶＩＰというか重要人物にでもなった気分だ。

「こうしてみると、ユキムラ君はかなり背が高いんだな」

「実物は意外に大きいのよね。ＰＶだともっと小柄に見えるのに」

「ＰＶといえばさ、俺、バジリスク戦で鮮烈デビューできて、ゲーム内での知名度がめっちゃ上がったんだ。これもユキムラちゃんのおかげだよ」

「ヘイハチロウさんほどじゃないけど、アカギさんも目立っていたものね」

「アオイちゃん、それは言ってくれるな。ヘイハチロウは特別だっていうの」

　足早に、でも和やかに談笑している内に、特にこれといった支障もなく最深部まで到達する。そこは既にキャンプ場みたいな雰囲気になっていて、バックアップをする生産職の人たちが、忙しそうに後方支援の準備をしていた。

　ボス部屋前のスペースに、続々と集まってくる参加者たち。その間、俺は治療が必要な人たちにスキルをかけ、あとはＧＰを速く回復させるために、ひたすら祈りを捧げている。

　ざわざわと活気溢れる場所の隅っこで、ひとり祈りのポーズをとっているのって、正直言ってかなり居たたまれない。でもそこは我慢だ。これからどんな状態異常の嵐が待ち受けているかわからないから、ＧＰ全快まで頑張ろう。

「なんか光ってる。半端ない輝き」

「ユキムラさんでしょ？　まるで後光がさしているみたいね」

「ああいうのを見ると、ＮＰＣが拝んじゃう気持ちもわかるわ」

「ユキムラ君が回復したらボス戦だ。できれば初見でクリアしたい」

「この扉を見る限り、大ボスは鼠で間違いなさそうだよな」

　最後の大ボスは、いくつかの点で今までのエリアボスとは異なっていた。

　ひとつ目は、ボス部屋のある階層が深部にあること。ふたつ目は、ボス部屋の前に後方支援用のスペースが設置されていること。そして極めつけは、通路とボス部屋を隔てる、見上げるほど大きな両開きの扉の存在だ。

扉の表面には、バカでかい髑髏と、その眼窩に出入りする大きな鼠のレリーフが彫られている。なにか意味深だし、不気味なことこの上ない。

「じゃあみんな行くぞ！　後方のみんなも支援をよろしく頼む。想定外のことが起こっても、パニックにならず、まず後方まで退避するように」

　そうして、最後の扉が開けられた。

《緊急イベント「黒い悪魔」最終戦「鼠王ゼプシス」が開始されました》

「なにここ、気持ち悪い」

「暗いし、見通しが悪いな」

「どこもかしこも真っ赤じゃないか。この状態で戦うのか？」

　大ボス部屋は赤い光で満たされていた。それも警戒を表す明るい赤じゃない。モノクロ写真の現像室にも似た、暗室で赤色灯を灯したような沈んだ暗さの赤。だから、視認性はあまりよくなかった。床がやけに凸凹していると思ったら、黒ずんだ髑髏でびっしりと埋め尽くされていて、ところどころで積まれて山になっている。

　……かなり暗いな。それにこの赤い光は、どこか感覚を狂わせる。おそらくあの奥の方にボスがいるのだろうけど。

　部屋の深部は更に暗く、奥行きも判断できない不明瞭な闇に沈んでいた。上を見上げても全く同じで、真っ暗で天井の高さも判別できない。

「ボスの居場所が全く見えない。明かりが欲しい」

「【暗視】が効かないなんて、嘘だろう？」

「足場がかなり悪いから気をつけろ！」

それでも、予定通り陣形を整えていくプレイヤーたち。俺も定められた配置についた。

「部屋の奥に照明弾を打ち込む。上手くいけば数分間は効果が持続するはずだから、状況を把握しながら動いてほしい」

その言葉通り、先陣が走り出した直後に暗闇を照らす黄色い発光が生じた。

反射的に目を細めながら室内を見渡す。

「なんだあれ？　巨人？」

「うわぉ。今回はいきなり雰囲気だしてくるね」

まず目に入ったのは、直径数メートルはある巨大な髑髏だ。扉にあったレリーフを更に大きくしたような感じで、ぽっかりと空いたふたつの眼窩がこちらを向いている。でもどこにも、レイドボスらしき姿は見当たらない。

「ゼプシスはどこに？」

「髑髏の中かな？　ちょっと覗いて……うわぁ！」

部屋の奥にたどり着いた先陣のプレイヤーが、髑髏を調べよう近づいた途端、毒々しい緑の蛍光色のガスが、髑髏の穴という穴から一斉に噴き出した。

「なんだこれ、毒か？」

「一旦退避！」

噴き出したガスは帯状の流れとなり、風もないのに周囲を巡り拡散する。そこで明かりが落ちて、一気に視界が赤く戻った。

タイミング悪い。でも照明弾の効果が切れるのが、やけに早い気もする。

「寒い……なんか妙に寒いんだけど」

「俺は逆に熱い。体幹がほてってきた」

「身体が重くて……無理、動けない」

退避してきたプレイヤーたちが次々に異常をきたし、中には床にうずくまる者もいた。

あのガスの正体、原因は？

「ユキムラ君、『呪毒』という状態異常を知っているか？」

すぐに、ココノエさんがこちらにやって来た。

「いえ、知りません。これがそうなんですか？」

「ああ。鑑定したらガスを浴びた全員が『呪毒』に侵されていた」

「『呪』と付くからには呪いの一種かな？　でも症状は疾病に似ている気もします」

「通常の浄化は、既に試したが効果がなかったよ」

「では【ＪＳ疾病治療】と【浄化】の上位スキルの両方を順にかけてみましょうか？」

「そうしてもらえると助かる」

呪毒の状態異常者を集めて、まずは疾病治療から。

「皆様、これから施療を始めます。最初に、黙禱をお願い致します。目を閉じ、心を鎮め、神の前に心を開きましょう」

……いけない。つい、いつもの癖が。最近施療院にもプレイヤーが多かったからだな。だめだ、平常心平常心。効果増大の決めゼリフはこんな感じで。

「仁なる神の　尊き御業　癒しの息吹【JS疾病治療】滅魔の光！」

スキルをかけたプレイヤーたちの身体が、白い光に包まれる。これは効いているはず。

《複合状態異常に対する効果判定バーが表示されます》

突然のアナウンスと共に、視界に表示される色違いの二本のバー。一本は既に空になり底を示している。おそらくスキルが効いたからだ。でも残りの一本はかなり長い。対象人数が複数名のせいかな？　これなら、結構GPを使ってしまってもいいかも。じゃあいくよ。

「我天に請う　悪しき穢れを　祓わんことを　浄めの光【浄化】天光！」

……あれ？　光らない。失敗か……な、なに？

〈晴れなるかな
晴れなるかな
天地あまねく招来されよ
神の光は地をも貫く〉

上方から、この場には全く相応しくない典雅な音楽と歌声が響いた。

……えっ、なにこの歌？　妙な汗が出てきた（アバターだから出ない）。スキルにはこんな特殊演出なんてないはず……だよね？　こんなの知らない！

慌てて上方を見ると、真っ暗な闇に裂け目が走った。そこから、眩い光が俺とスキル対象者へ向かって真っ直ぐに投射される。先程炸裂した照明弾など比べものにならない。ここぞとばかりに主役を照らす、眩いスポットライトのように。

「うわぁ凄い。神の奇跡って感じ」

「さすが。『神殿の人』の二つ名は伊達じゃないな」

〈ピギィイイ――ッ！　キィキィ〉

えっ？

耳障りな甲高い鳴き声と共に、天井から何かが勢いよく落ちてきた。その何かは、そのまま床へと激突し、その場所を埋めていた髑髏が盛大に弾け飛ぶ。

「うおっと。いきなりなんだ？」

「見ろよ！　あそこに何かいる！」

落下してきたのは、ふたつの目が赤く爛々と光る大きな何か。鼠というには醜悪過ぎる異形の怪物だった。強いて言うならば、上顎から生える鋭い前歯が、齧歯類のものに似ているかもしれない。

「ゼプシスか！　全員戦闘配置！」

「まさか天井にいたとは」

未だ明るい天井を見上げれば、高い壁の上の方に、幾つもの大穴が空いている。あんなところに隠れていたのか。俺たちが状態異常で弱ったら、奇襲するつもりだったとか？

〈キューキュー、キィキィ〉

ゼプシスが威嚇するような声をあげ、すばしっこく巨大髑髏の上に駆け上がった。

再び上がる照明弾。

「いくぞ！　鼠退治だ！」

「おうっ！」

一斉攻撃の開始だ。

不定期に放出される呪毒ガスに加えて、ゼプシスを直接攻撃すると、猛毒の状態異常を与えてくる。その上、斬撃を与えた箇所から飛び散る体液は腐食毒で、頻繁に武器や防具の交換がされていく。

最初のエリアボスの「百足王ヘカトンケイル」は毒と出血。俺も戦った「蛇王バジリスク」は毒・猛毒・腐蝕毒と石化。三番目の「女王蜘蛛アラクネ」は麻痺・強麻痺・魅了。そして大ボス「鼠王ゼプシス」戦は、その全てを合わせたような状態異常のオンパレード。

今回は俺以外にも複数の神官職が参加しているが、状態異常の治療が治療薬とGPに依存するため、長期戦になれば俺たちに不利になる。どこかで大きく敵のHPを削らないと、最後はじり貧で負けてしまうかもしれない。それは誰もが感じていた。

「そろそろ特攻に行こうと思う。今回は、敵の動きが素早いため、遠距離からの属性攻撃がなかなか当たらない。従って、近接攻撃を得意とするプレイヤーに、あの例のスキルをお願いしたい」

ゼプシスは見かけによらずチョロチョロと素早く、また巨大髑髏を巧みに利用して、攻撃から身を隠す術にも長けていた。

巨大髑髏は、呪毒ガスの発生装置である上に、魔法防御力が非常に高くて、遠隔からの魔術攻撃をことごとく弾いてしまう。ゼプシスにとっては頼もしい、しかし、プレイヤーにとってはかなり厄介な盾になっていた。

「お二人にかけることが可能ですが、どなたに？」

「はい！　一人は私です！」

元気よくアオイさんが返事をする。やっぱり君か。

「もう一人は俺だ」

ヘイハチロウさんが前に進み出てくる。その両手には、穂先が炎のような形をした短槍が握られていた。アオイさんも火炎系の魔術職らしいから、火で攻めるつもりか。

「鼠は耐性さえなければ火に弱い。これまでの攻撃でゼプシスも火が弱点だとわかった。だから、俊敏で近接から火魔術を打ち込めるアオイさんと、ＡＧＩ特化のヘイハチロウくんを最初のメンバーに選んだ」

「最初のメンバーということは」

「ＧＰが回復したら、次も頼みたいということだ」

ですよね。周囲のプレイヤーの期待を込めたキラキラとした瞳。それが今、いくつも俺に注がれている。こんなゲームをするくらいだ。ヒーロー願望を持っている人も少なくない。

……仕方ない。祈って祈って祈り倒すか。こうなったら、GPの大盤振る舞いだ。

じゃあ行きます！　ここでもスキル効果アップのために用意した言葉を紡いでいく。

「今解き放つ　縄縛の軛　その身を賭して　英雄となれ！【天衣無縫】！」

アオイさんの身体から、揺らめく金のオーラが立ち昇る。クールタイム後にスキルをかけた、ヘイハチロウさんの身体からも。

順次巨大髑髏までかっ飛んで行った二人は、自らを囮としてゼプシスを誘い、まずアオイさんがゼプシスの身体に強烈な拳を叩き込んだ。

「はぁぁぁぁっっっ！【業火爆轟拳】！」

拳から噴き出す凄まじい業火と、拳を起点とした激しい衝撃波。まるで爆発したようにも見える渾身の一撃。

「まだまだぁ！【百烈連環飛脚・火天】！」

続いて、身軽にクルクルと回転しながら、背後に向かって足を高く突き出す蹴りが連続で決まり、攻撃された箇所から、激しい炎が噴き出した。その強烈な攻勢に、ゼプシスがもんどりうって弾け飛ぶ。あの炎――いや爆発が体内にまで及んでいるとしたら、かなりの威力が期待できる。近接魔術か。リスキーだけど面白いプレイスタイルが出てきたな。

動きが鈍ったゼプシスに、すかさずヘイハチロウさんが追撃を加えた。二本の短槍が真夏の太陽のようにギラギラと輝き、炎の残像が暗闇に光の軌跡を描いていく。ゼプシスの攻撃を身軽に躱しつつ、急所を狙って攻撃を繰り出す様は、まさに炎舞、ファイアーパフォーマンスのようだ。

……おっと、いけない、いけない。見とれている場合じゃなかった。俺は祈らなくちゃ。これで攻撃が終わりなわけじゃない。最後まで、気を抜かずに頑張らないとね。

10　イベント終了

《緊急イベント「黒い悪魔」終了のお知らせ。

ユーザーの皆様にお知らせ致します。

現在開催中の緊急イベント「黒い悪魔」において、クリア目標である「汚染原因の駆除」および「王都全域の清浄化」を達成しました。王都防衛に成功しましたので、今この時をもって当イベントは終了と致します。

獲得ポイントおよび部門別ランキングは、ただいま集計中です。結果の発表は、○月○日を予定しております。

引き続き、ISAOをよろしくお願い申し上げます》

……やっと終わったか。

どこが緊急なんだっていうくらい長かった。

地下の最終ボス戦の後、俺は再び地上へ舞い戻り施療院へ。他の人たちは引き続き地下の掃討戦に従事することになった。防衛線だから、大ボスを倒しただけじゃ終わらない。非常にねちっこいというか、しつこいイベントだった。

でもこれでジルトレに帰れるよね？

キョウカさん、ジンさん、ガイアスさんは、無事に上級職への転職が終わったと連絡があった。早くみんなと合流して遊びたい。

§　§　§

そして、待ち望んだ帰還を果たす。

久々のジルトレだ。まずウォータッド大神殿に顔を出して、クラウスさんへの挨拶を済ませた。その後、厨房に寄って顔を見せてから、私室を確認しに行く。王都に長くいたから、実はちょっと心配だった。俺の部屋がなくなっていたらどうしようって。

……まだあった。よかった。

設置しておいた【招運の木彫り置物（猫）】も、出て行った時のままだ。この部屋はおそらくインスタンスエリアだと思うけど、もしなくなっていたら、かなり落ち込むくらいには愛着が湧いている。

やっぱりこの街が気楽だな。

王都も街歩きをしたせいで、だいぶ慣れはした。でも、ずっとお客様気分が抜けなかった。

それに街中を治療・清浄化しまくったせいで、NPCたちの視線が。そして言動も。なにかおかしなことになっていた。

「道を空けろ！　大司教様がお通りになる」

「ありがたい、ありがたい。寿命が延びるわい」

「またお姿を拝見できるなんて」

待って待って待って。そう言いたくなる状況が頻繁に起こるようになった。

街を歩くと、NPCがみんな俺を拝んでくる。だけど道端でいきなり平伏するのは、とても困るのでやめてほしい。

なんて言ったらいいか。恭しいを通り越している。いくらなんでも、これはやり過ぎ。運営の悪乗り。過剰演出。そんな雰囲気になってきていた。だから気軽に買い物にも行けやしない。欲しかった料理道具とレシピだけは気合いで確保したけど、それが俺のメンタルの限界だったわけ。

ついさっき、緊急イベントの結果発表と報酬が届いた。

[獲得ポイント]　10896ポイント

[総合順位]　2位

[部門別ランキング]

・[汚染源討伐]　圏外

・［地下汚染地域の清浄化］圏外
・［王都市街地の清浄化］1位
・［罹患患者の治療］1位
・［生産品による貢献度］圏外
・［NPC好感度］1位

三部門で1位。これはまあそうだろうな。

だってこの三部門、ほぼ俺しか該当者がいないから。だけど総合順位2位には驚いた。俺は当然のことながら、一匹も鼠を倒していない。だからランキング入りをするとしても、もう少し低い順位を予想していた。

ちなみに、総合順位1位になったプレイヤーは、火炎特化の魔術系上級職だった。地下攻略全般で鼠をフロアごと焼き尽くしていた人だ。イベントの途中から殲滅魔術の使用は禁止になったが、その後も小規模の火炎魔術を駆使して鼠の駆除に奔走したそうで、ボス部屋まで楽々と通過できたのは、このプレイヤーのおかげと言ってもいいくらい。話をする機会はなかったが、どうやらアオイさんの知り合いらしくて、大層な鼠嫌いだと聞いている。遠隔攻撃班として最終戦にも参加していたらしいから、これは納得の1位でもある。

でもその1位と、俺の獲得ポイントは1000ポイントも違わなかった。

この理由としては、第一に「疾病治療」でもらえた評価ポイントが、かなり高かったのではないかと推測できる。第二に、地上の治療や清浄化に関するポイントを、俺が総取りしてしまったことが大きかった。第三に、予定外のゼプシス戦にも参加したので、それもちょっと加算されているかもしれない。

また相対的な要因としては、参加者が多かったせいで、討伐ポイントが複数のプレイヤーに分散してしまい、軒並み横並びになってしまったことがあげられる。

防衛戦ということで、ポイント報酬やランキング報酬、部門別ランキング報酬として、召喚チケットやアイテム、称号など、いろいろもらえた。

報酬一覧はこの通り。☆印をつけた箇所が、俺が該当するところになる。

《獲得ポイントと報酬一覧》

☆10001~12000　120万G　S／Jスキル選択券2　アクセサリ装備枠拡大券2
8001~10000　100万G　S／Jスキル選択券2　アクセサリ装備枠拡大券1
6001~8000　80万G　S／Jスキル選択券1　アクセサリ装備枠拡大券1
4001~6000　50万G　S／Jスキル選択券1
2001~4000　20万G　アクセサリ装備枠拡大券1
1001~2000　10万G　アクセサリ召喚券1
100~1000　3万G　HP回復ポーション5　MP回復ポーション3

《総合順位ランキング報酬１―50位》
〈１位〉
・ＳＳＲ以上確定／職業別／防具召喚券１
・ＳＳＲ以上確定／職業別／アクセサリ召喚券１
・ＳＳＲ以上確定／ジャンル別／武器召喚券１
・ＳＲ以上確定／アクセサリ召喚券１
☆〈２位〉
・ＳＳＲ以上確定／職業別／防具召喚券１
・ＳＳＲ以上確定／職業別／アクセサリ召喚券１
・ＳＳＲ以上確定／ジャンル別／武器召喚券１
〈３位〉
・ＳＳＲ以上確定／職業別／防具召喚券１
・ＳＳＲ以上確定／ジャンル別・武器召喚券１
・ＳＲ以上確定／アクセサリ召喚券１
〈４―10位〉
・ＳＳＲ以上確定／ジャンル別／武器／防具召喚券１
・ＳＲ以上確定／アクセサリ召喚券１
〈11―20位〉

・SR以上確定／アクセサリ召喚券1
・SR確定／アクセサリ召喚券1
〈21―50位〉
・SR確定／アクセサリ召喚券1

《部門別ランキング報酬1―3位》
※各部門の獲得ポイントが2001以上のプレイヤーが対象。
〈1位〉祝福・宝石　〈2位〉祝福　〈3位〉加護
〈NPC好感度1―3位〉特殊称号
・［汚染源討伐］圏外
・［地下汚染地域の清浄化］圏外
☆［王都市街地の清浄化］1位　【ヒュギエイアの祝福】・「蛇燦石（じゃさんせき）」
☆［罹患患者の治療］1位　【パナケイアの祝福】・「螺旋宝珠（らせんほうじゅ）」
・［生産品による貢献度］圏外
☆〈NPC好感度〉1位　特殊称号『救済者』
ここから、俺がもらった報酬（☆印をつけたもの）を抜粋（ばっすい）するとこうなる。
・120万G　・S／Jスキル選択券2　・アクセサリ装備枠拡大券2

・［ＳＳＲ以上確定／職業別／防具召喚券］１
・［ＳＳＲ以上確定／職業別／アクセサリ召喚券］１
・［ＳＳＲ以上確定／ジャンル別・武器召喚券］１
・【ヒュギエイアの祝福】・「蛇燦石」
・【パナケイアの祝福】・「螺旋宝珠」
・特殊称号『救済者』

この通り。ガチャチケは三枚だ。それもＳＳＲ以上確定ばかりときた。最低でもＳＳＲ。これは嬉し過ぎる。じゃあ早速引いてしまおう。まずは職業別から。

えっ虹色？　召喚陣が虹色だ！　つ、つまり。来たっ！　えっえっ？　ヤバッ！

・［ＳＳＲ以上確定／職業別／防具召喚券］１

ＬＲ【アイギスの雲楯】ＶＩＴ＋90　ＭＮＤ＋１２０　ＡＧＩ＋40　ＬＵＫ＋30　耐久８００　※あらゆる邪悪・災厄を払う。不浄耐性（超）・闇耐性（超）。胸当て。

ど、どうしよう？　なにこれ。なんだこれ。ちょっと、いやかなり動揺して、どうしていいかわからない。とりあえず、次だ！　次にいってみよう！

・［ＳＳＲ以上確定／職業別／アクセサリ召喚券］１

ＳＳＲ【光赫焜耀玉のロザリオ】ＭＮＤ＋80　耐久（破壊不可）

そうだよ。うん、これが順当だ。じゃあ次もっ！

・［SSR以上確定／ジャンル別・武器召喚券］ 1

えっ、嘘。また？　また「虹」なの？

UR【テミスの天秤棒】STR＋200　AGI＋60　LUK＋40　耐久600

※破邪の力を持つ。不浄特効（大）

こんなことがあっていいのか。SSR以上確定という高レアリティチケットではあるけれど、虹がふたつ。それもLRまで出た。もしかしてインフレ？　俺の知らない間に、ISAO内で超インフレが起きていた。だってそうとしか思えない。

§　§　§

《ISAO運営長室》

「大型アップデートの進み具合はどうだ？」

「順調です。ジオテイク川に設置予定の『渓流下り』については、実装準備が整いました」

「間に合ったか。それは盛り沢山でいいな。レジャーコンテンツの追加は、ライトユーザーの獲得に向けて追い風になるだろう。今回でいよいよプレイヤー数が一〇万人を超える。大事な転換期だ。ここで失敗するわけにはいかないからな」

ISAOの販売は、第四陣の参入を控えて大詰めを迎えようとしていた。

　これまではゲーム機器とのセット販売のみ行われていたが、第四陣からはゲーム単体での販売が開始される。別のゲームからのユーザーの流入や、ライトユーザーの増加が見込まれているため、コンテンツの拡充は必須であった。

「既存プレイヤーは、各街へかなり分散しました。主要コンテンツの拡張に対応するインスタンスエリアも、予定通り追加が終わっています。従って、新規プレイヤーの受け入れは問題なく進むと予想されます」

「よしよし。第四陣の予約も好調だと営業から聞いている。ここまでは順調だな」

「はい。王都緊急イベントの『バジリスク戦』を映した販促PVの評判が非常に高く、他ゲームからの乗り換えユーザーに加えて、『特典付き新装VRギアパッケージ』の購入者も増えているようです。やはり、ああいった派手なプレイを望むユーザー層は多いですね」

「あれは編集がよくできていた。活躍したプレイヤーも大した身体能力だったが、それを編集で上手く生かして観せていた。ユーザー層に馴染みが深い大型の悪役モンスターというのも、よりアピールできた要因のひとつだろう」

「私もそのように思います」

「今後、各ゲームメーカーも年末消費を狙って販促に力を入れてくるはずだ。それに対抗するには、視覚にうったえるPVによるアピールが効果的ということだな。購買意欲を煽るには、その内容も華やかさを強調するものにせざるを得ない。第四陣の誘致が終わるまでは、今の方向性で行ってくれて構わない」

「編集者に伝えておきます」

「新規はそれでいいとして、長期利用ユーザーにもゲームに残ってもらわないといけない。召喚システムに対する反応はどうだ？　そろそろ変化に気づいてもいい頃だろう」

ＩＳＡＯは定額課金制を採用しており、ゲーム内では課金アイテムの販売は行っていない。いずれ特殊なレジャーコンテンツの拡張の際に、課金によるコンテンツ購入を導入する予定はあるが、それも時期尚早だと判断していた。

一方のゲームコンテンツに関しては、段階的なユーザー数の増加に伴い、計画的な装備レアリティのインフレを組み込んでいる。その一環として、職業に関連する装備の召喚確率に、独自の変動システムを採用していた。継続は力なり。長期利用者ほど、ゲームコンテンツをやり込めばやり込むほど、そして運に恵まれてこなかったユーザーほど、召喚の際に幸運の天秤が傾きやすくなるように。

「ダイナミック・ドロー・システムは順調に作動しています。反応はまちまちですね。案外変化に気づかれていない様子です」

「少しずつ上向きになるように調整したのが正解だったか。召喚確率の修正は、非常にデリケートな問題だ。下手を打つと要らぬ憶測を呼んで騒ぎになる。そのくらいでちょうどいいのかもしれないな」

「そういえば、例の神官の彼、凄い当たりを引いたようですよ」

「ほう。具体的には何が当たったのかね？」

「ＬＲ【アイギスの雲楯】とＵＲ【テミスの天秤棒】です」

「それは運がいい。ふたつとも新規実装のラインナップじゃないか」

「そうですね。神器シリーズと正義シリーズになります」

「神器はともかく、正義の方は出るべくして出たという感じか」

「そうなりますね。正義シリーズは召喚確率に行動属性が大きく影響しますから」

　ＩＳＡＯの隠れステータスのひとつに行動属性がある。行動属性には、正義・勇気・統率・守護・清貧・礼節・忠誠・精進などの項目があり、プレイヤーが選択した行動により、該当する行動属性にポイントが加算される。そしてポイントが一定数値を越えると、係数値として一部アイテムの召喚確率に影響するというものだ。しかし、そこまでいくには相当な時間がかかり、長期プレイヤー向けに用意された隠れたサービスといっていい。

「まあ、あのユーザーに限らず、上級職に至るようなプレイヤーに止められてしまうと非常に困る。今後の計画が大幅に狂うからな。これからも彼らには、どんどん魅力的なアイテムを手に入れてもらって、その分、どんどん働いてもらおうじゃないか」

「働いた分、ご褒美を与える必要があるということですね。企画班に申し伝えます」

「他にはなにかあるか？」

「次回、販促ＰＶは、予定していたレジャー関係のものに加えて、戦闘系のものも追加してほしいと営業から要望が上がってきています。どう致しますか？」

「そうだな。それは是非協力したいところだが、何かいいネタはあるか？」

「構想班に確認したところ、現在最も先行しているユーザーが取り組んでいる、ジオテイク川下流域解放の三戦『水脈の三麗妖』が、舞台としてはいい絵が撮れるのではないかと言っていました」

「ふむ。確か美女モンスターばかりの三戦だったな。確かにいいかもしれん。しかし、美女ばかりでもまずい。他の人気NPCもピックアップして、PVには台詞とナレーションの両方を入れる。映画の予告編風にテンポ良く仕立てあげるというのはどうだ?」

「出演NPCの構成はどう致しますか?」

「女性NPCが多いほうが一般には受けるだろう。だがバランスよく、男性NPCもある程度格好良く登場させておいた方がいいな。今のご時世、何で反感を買うかわからない」

「では、絵コンテができ次第、報告に上がります」

「うむ。忙しいだろうが、よろしく頼むと伝えてくれ」

§　§　§

ところ変わって。

ポックリポックリ。お馬が通る。

俺たちは今、トリムの東にある牧場で乗馬を体験中だ。

イベントに振り回された王都からジルトレに戻り、やっと自由になる時間ができた。クラウスさんには、仕事が山積みだから早く戻ってきて下さいね——なんて念を押されている。でも俺だってたまには息抜きをしたい。だってそもそも、娯楽ゲームなわけだし。それなのに、王都では働き通しだったから、休暇を下さいなんてお願いしちゃったりして、逃げるように神殿を飛び出してきた。

束の間の自由。なんかおかしいけど、自由って素敵だ。

……だって癒やされる。お馬さんたちの円らな瞳に。……って違った。

馬の瞳は横長の楕円形をしている。草原で天敵である肉食動物から身を守るためには、広い視野を確保しないといけない。横長の瞳とほぼ真横についた両目により、馬の視野は３５０度もあるそうだ。弱肉強食で生き残るのは、それほど大変ってことらしい。

なんでそんなことを知っているのかって？

それは、この乗馬体験の最初に馬についての講習があったから。ゲームなのに、ＩＳＡＯはそういうところもちゃんとしている。

講習の後に、早速馬に乗り降りする練習があり、それから調馬索と呼ばれる紐つきで騎乗、休憩してまた騎乗と、ゲーム内で一日がかりの体験になる。乗馬なんて初めてだったけど、おかげでもうだいぶ慣れてきた。レジャーコンテンツなだけあって、馬が大人しくて扱いやすいせいでもあるんだけどね。

ゆっくりとした動きで進む常歩。リズムは四拍子。お尻を鞍に接して正しい姿勢を保ち、肩や脚の力を抜く。

座骨を意識しろと言っていた。バランス感覚が大事とも。馬への指示はわかりやすく明確に。上手く伝わっているかな？　馬の動きはスムーズで良い感じかもしれない。

じゃあ行ってみよう、次は速歩。まずは座ったままで。

ポクポクポクポク。馬が元気よく動き出す。リズムは二拍子だ。

大きな上下の揺れから反動がくるけど、大事なのは正しい姿勢。それと、力まないようにリラックス。

これはもう大丈夫そう。じゃあ行くか。軽速歩。

重心を中心に保ったまま、一、二、一、二。

馬の動きと連動するように。馬が弾むタイミングに合わせて腰を浮かせて、立ったり座ったり。それを右回りでポクポクポク。そして左回りでもポクポクポク。回る方向で馬の重心が変わるから、両方やる必要があるそうです。

《ピコン！》

《【乗馬Ⅰ】を手に入れました》

やった！　スキルがきたよ！　もしかして一番乗りかな？

「おっ、ユキムラ。もしかして、もうスキルをＧＥＴしたのか？」

「はい。今ちょうどアナウンスが来ました」

「早いな。さすが一〇代は違う」

「トオルさんだって、まだ二〇代前半じゃないですか」

「ま・だ・な。もうすぐ二〇代でも後半になる」

「誕生日が近いとか？」

「来月だな」

「じゃあ、お祝いしなくちゃ」

最近そういう集まりもやっていなかったから、みんなも喜ぶはず。

「ユキムラにはこの間、素材とバフ菓子を沢山もらったから、それで十分だ」

「あれはアイテム強化の代金として渡してますから。お祝いは別ですよ」

「そうそう！　最近飲み会もご無沙汰だから、みんなで祝うか！」

「何の祝いだ？　誰かが結婚でもするのか？」

「ガイさん、違いますよ。トオルさんの誕生日祝いです」

「おう、そりゃいいな。金欠だが、それくらいなら大丈夫だ。景気良く飲もうぜ」

「ユキムラ以外、俺たち全員金欠だもんな。また真珠でも狩りに行くかね」

俺以外全員、工房を構えたときに貯えを一気に放出しているから、懐が寒いらしい。

「工房を持てたのは嬉しいけど、こうも金欠じゃねえ」

「俺たちはユーキダシュで長いこと缶詰だったから、もうすっからかんだよな、アーク」

「そうっすね。素材をちまちま製品化して、小銭を稼いでいる真っ最中ですよ」

そうやって雑談をしていると、キョウカさんが近づいてきた。

「あなたたち、もしかしてもうスキルを手に入れたの？」

「いや、入手したのはユキムラだけだ。あとは貧乏談義」

「やだ、お金のことは忘れようとしているのに。でもこんなに貧乏だなんて、ゲームを始めて以来よね」

「俺たちはベータから資金を一部持ち越しているから、正式配信後にGで苦労するのは初めてになるな」

「じゃあ、お金持ちのユキムラ君の主催で、トオルの誕生日祝いをするか」

「なーにを言っているのかしら。それはダメでしょ。公平に割り勘だから。ユキムラさんも、オジサン連中を調子に乗せないでね」

「オジサン連中だって。ひでえ」

「俺はその中に入ってないっすよ。だって、キョウカさんより年下だから。該当者は約三名ってことですね」

そう。アークは俺とひとつ違いだから、キョウカさんより年下になる。

「俺もまださすがにオジサンって歳じゃないぞ」

「もちろん俺もだ」

「ひでえ。お前らだって、すぐ三〇になっちまうんだからな」

「ガイさんは、オジサンでも春が来たみたいだからいいじゃないですか。俺、こないだ見ましたよ。若い女の子と仲良く話をしているところを」

「若い女の子？　ガイさん。ゲームでも未成年に手を出しちゃダメだよ」

「ちっげえよ。鍛冶師仲間だし、そんなんじゃねえよ。それに、ああ見えてあいつは成人しているんだぞ」

どうやらガイさんにいい相手がいるみたいだ。いつの間に。

「あららまさかの本命？　それは裏山」

「ヒューヒュー。ガイさんやるね」

「お前らだって、人のこと言えないだろ！　おい、ユキムラ助けろ！」

「えっ！　助けろと言われても」

どうすれば助けたことになるのかわからない。

「そういえば、ユキムラにも、じっくりと話を聞かなきゃいけなかったな」

「うんうん。そうだった、そうだった」

えっと、こっちに飛び火？　でも残念ながら、まだ話せるような進展はないような。

「みんな煩いわよ。早くスキルが欲しいなら、ま、真面目にやらなきゃ」

「あれれ？　キョウカちゃん、めっちゃ動揺してる？　それはなぜかな？」

「いい傾向だ。うむ」

なぜでしょう？　俺もそこのところは詳しく知りたいな。なんて。

「もう！　無駄話はおしまいなんだから！　レッスンに戻るわよ」

残念、行っちゃった。でも。

ちょっと頬を染めながらプンプンしているキョウカさんが可愛かったからいいか。あーあ。

……俺にもそろそろ、春がこないかな。

あとがき

お久しぶりです。一巻の発売から約四カ月後のＩＳＡＯ二巻です。

一巻を手に取ってご購入頂いた読者の皆様のおかげで！　こうして続刊を刊行することができました。誠にありがとうございます。心より感謝申し上げます。

先に後書きを読まれる方もいらっしゃると思いますので、ここでのネタバレは避けますが、二巻にはＷＥＢ版とは違うエピソードを幾つか盛り込んであります。

二巻の表紙を見て、あれ？　と思われた方。なぜこの登場人物が表紙にいるのかと。もちろんそれは、書籍版オリジナルエピソードの影響です。

今回は数十ページ分も加筆しました。ＷＥＢ版の三割増くらいになっていると思います。ＷＥＢ版ではストーリーの進行を優先して端折りまくっていた戦闘シーンも、書籍版では情景描写と共に書き込みを加えました。ストーリー自体に若干改変した箇所もあります。

また戦闘シーンについては、イラストレーターの刀彼方様が、筆者の漠然としたイメージを素敵なカラー口絵にして下さったので、こんな舞台設定だったのかと、ビジュアル的にも補完できているのではないかと思います。

さて。この物語のＷＥＢ版を執筆したのは、二〇一八年の暮れから二〇一九年にかけての約三カ月間で、二〇一九年の春に「小説家になろう」に投稿しています。作中に出てくる病魔は、中世の歴史上で猛威を振るった有名な疫病をモチーフにしています。この疫病は明治時代に日本にも上陸しましたが、昭和初期以降、日本での感染例は報告されていません。

筆者は大学院時代に、免疫学を専門にしていました。その影響もあって、人類の歴史と共に繰り返されてきた感染症との闘いを、作中の一エピソードとして取り上げたという経緯があります。

二年後の今現在、日本だけでなく世界中が思わぬ事態に陥り、新手の疫病のために非常に厳しい状況が続いています。一刻も早くこの疫病が沈静化し、安心して暮らせる世の中が戻ってくることを切に願っております。

二〇二一年　一月　漂鳥

ダッシュエックス文庫

不屈の冒険魂2
雑用積み上げ最強へ。超エリート神官道

漂鳥

2021年2月28日　第1刷発行

★定価はカバーに表示してあります

発行者　北畠輝幸
発行所　株式会社　集英社
〒101−8050　東京都千代田区一ツ橋2−5−10
03(3230)6229(編集)
03(3230)6393(販売/書店専用)　03(3230)6080(読者係)
印刷所　株式会社美松堂/中央精版印刷株式会社

ISBN978-4-08-631401-5 C0193